# IM NEBEL – IN THE FOG

Thomas M. Meine (Ü./Hg.)

# IM NEBEL
# IN THE FOG

nach dem Buch
'In the fog'
von **Richard Harding Davis**
erschienen im Jahre 1901
Illustrationen von Thomas Mitchell Peirce
und F.D. Steele.

Bibliografische Information der Deutschen Nationalbibliothek:
Die Deutsche Nationalbibliothek verzeichnet diese Publikation
in der Deutschen Nationalbibliografie; detaillierte bibliografische
Daten sind im Internet über http://dnb.dnb.de abrufbar.

Verlag:
BoD · Books on Demand GmbH, Überseering 33,
22297 Hamburg, bod@bod.de
Druck:
Libri Plureos GmbH, Friedensallee 273, 22763 Hamburg

ISBN: 978-3-8192-9727-4

# INHALT

**Anmerkung:** Im Originalbuch sind drei der Hauptfiguren – Vater und zwei Söhne der Familie Chetney – oft schwer zu unterscheiden, da deren Titel unterschiedlich verwendet oder weggelassen werden. Bei einem Earl (oder Duke, Marquess) trägt der älteste Sohn des Vaters bis zu dessen Tod seinen Titel, ohne ihn bereits zu besitzen. Der jüngere Sohn trägt den Titel Lord. Lord ist auch eine allgemeine Bezeichnung für einen Hochadligen im Oberhaus (House of Lords). Ein Mitglied (Peer) kann statt mit seinem speziellen Adelsrang allgemein auch mit Lord angesprochen werden. Die Peerswürde wurde grundsätzlich vererbt, bis 1958 ein Gesetz verabschiedet wurde, dass die Peerswürde meist nur noch begrenzt auf die Lebenszeit des Trägers verliehen wird. In der Übersetzung wurden deshalb einige Veränderungen/Standardisierungen oder Ergänzungen bei Namen/Titel vorgenommen, um das Lesen zu erleichtern; dies gilt auch für einige Passagen des Textes.

# DOPPELMORD IM NEBEL

**Die vier Fremden saßen beim Abendessen zusammen**

## Kapitel I

Es gibt keinen Klub auf der Welt, bei dem es schwerer ist, Mitglied zu werden, als den 'Grill Club'. Die Aufnahme in seine Reihen zeichnet das neue Mitglied in einer Weise aus, als hätte man den vakant gewordenen Platz im Hosenbandorden übernehmen dürfen oder wäre im Buch 'Jahrmarkt der Eitelkeiten' karikiert worden.

Männer, die dem Grill Club angehören, sprechen nie darüber. Wenn man einen von ihnen fragt, in welchen Klubs er Mitglied ist, wird er alle aufzählen, nur diesen nicht, weil er Angst hat, dass die Erwähnung seiner Mitgliedschaft als Prahlerei aufgefasst wird.

Der Grill Club wurde zu einer Zeit gegründet, als das 'Shakespeare's Theatre' noch dort stand, wo sich heute das Büro der 'Times' befindet; im Eigentum des Klubs befindet sich ein goldener Bratrost, der ihnen von Charles II. zum Geschenk gemacht wurde, und das

Originalmanuskript von 'Tom und Jerry in London', das ihnen Pierce Egan selbst vermacht hat. Wenn die Mitglieder des Klubs Briefe schreiben, benutzen sie immer noch Sand, um die Tinte zu trocknen.

Man genießt zudem die Ehre, einen Premierminister jeder Partei abgelehnt zu haben – ohne jegliche politische Vorurteile. In derselben Sitzung, in der einer von ihnen durchfiel, wurde Quiller, Q. C., damals noch ein mittelloser Anwalt, wegen seines 'Brogue'* und seiner Schlagfertigkeit gewählt [* allgemeiner Begriff für einen irischen Azent, aber auch für ähnlich klingende Aussprachen in Schottland und West-England].

Als Paul Preval, der französische Künstler, der auf königlichen Ersuchen nach London kam, um ein Porträt des Prinzen von Wales zu malen, zum Ehrenmitglied ernannt wurde (nur Ausländer können Ehrenmitglieder werden), sagte er, als der seine erste Weinkarte unterschrieb [hier Übernahme der Rechnung gemeint]:

»Ich sehe meinen Namen lieber auf dieser Karte, als auf einem Gemälde im Louvre.«

Daraufhin bemerkte Quiller:

»Das ist nicht gerade ein besonderes Kompliment, denn die einzigen Männer, die heutzutage ihren Namen im Louvre lesen können, sind seit fünfzig Jahren tot.«

Es war am Abend des großen Nebels von 1897, als fünf Mitglieder im Klub anwesend waren. Vier waren eifrig mit ihrem Abendessen beschäftigt, einer saß vor dem Kamin und las in einem Buch. Es gab nur einen Raum mit einem langen Tisch. Am hinteren Ende glühte das rote Feuer des Grills und loderte auf, wenn das Fett heruntertropfte; am anderen Ende befand sich ein breites, zur Straßenfront gerichtetes Erkerfenster mit rautenförmigen Scheiben.

Die vier Männer am Tisch saßen, kannten einander nicht, aber während sie sich mit den gegrillten Knochen beschäftigten und an ihrem Scotch und Soda nippten, unterhielten sie sich mit solch charmanter Lebhaftigkeit, dass ein Besucher dieses Klubs – der keine Besucher duldet – sie für langjährige Freunde gehalten hätte und bestimmt nicht für Engländer, die sich zum ersten Mal und ohne eine offizielle Vorstellung trafen.

Es ist aber Sitte und Tradition im Grill Club, dass sich jeder, der ihn betritt, mit jedem, den er dort trifft, unterhalten muss. Um diese Regel durchzusetzen, gibt es nur diesen einen langen Tisch, und egal, ob zwanzig Männer daran sitzen oder zwei, die Kellner platzierten sie, der Regel entsprechend, direkt nebeneinander.

So saßen die vier Fremden beim Abendessen zusammen. Die Kerzen waren um sie herum gruppiert, und die Länge des Tisches zog sich wie ein weißes Band durch die ihn umgebende Dunkelheit.

»Ich wiederhole es«, sagte ein Gentleman mit einer schwarzen Perle am Kragenknopf, »die Zeit der romantischen Abenteuer und der tollkühnen Wagnisse ist vorbei, und wir sind selbst schuld daran.«

»Reisen zum Pol«, fuhr er fort, »zähle ich nicht zu den Abenteuern. Auch dieser Afrikaforscher, der junge Chetney [Earl of Chetney, der älteste Chetney-Sohn], der gestern wieder aufgetaucht ist, nachdem man ihn in Uganda für tot gehalten hatte, hat nichts Abenteuerliches getan. Er hat Karten angefertigt und die Quellen von Flüssen erforscht. Er war zwar ständig in Gefahr, aber das Vorhandensein von Gefahr ist kein Abenteuer. Wäre es so, würde der Chemiker, der sich mit hochexplosiven Stoffen beschäftigt oder tödliche Gifte erforscht, täglich Abenteuer erleben. Nein, Abenteuer sind etwas für Wagemutige, aber heutzutage wagt man nichts mehr. Der Geist des Abenteuers ist an Trägheit gestorben. Wir sind zu praktisch, zu gerecht und vor allem zu vernünftig geworden.«

»In diesem Raum hier zum Beispiel haben sich die Mitglieder dieses Klubs einst mit Schwertern darüber gestritten, wie man eines von Popes Reimpaaren richtig liest.«

»Wegen einer so 'gewichtigen' Angelegenheit wie dem Verschütten von Burgunder auf die Manschette eines Gentleman kämpften zehn Männer an diesem Tisch, jeder mit seinem Degen in der einen und einer Kerze in der anderen Hand. Alle zehn wurden verwundet. Die Angelegenheit des verschütteten Burgunders betraf zwar nur zwei von ihnen, aber die acht anderen kämpften, weil sie Männer mit 'Temperament' waren. In der Tat waren sie die ersten Gentlemen ihrer Zeit.«

»Wenn Sie jetzt Burgunder über meine Manschette schütten, wenn Sie mich gar grob beleidigen, so würden die anwesenden Herren es nicht für nötig halten, sich gegenseitig umzubringen. Sie würden uns nur trennen und morgen früh auf der Polizeistation in der Bow Street gegen uns aussagen.«

»Sehen Sie, heute Abend haben wir in der Person von Sir Andrew und mir ein anschauliches Beispiel dafür, wie sich die Sitten geändert haben.«

Die Männer am Tisch drehten sich um und blickten zu dem Herrn vor dem Kamin.

**Die Männer am Tisch drehten sich um**

Dort saß ein älterer, etwas korpulenter Mann mit einem freundlichen, faltigen Gesicht, das ständig ein fast kindlich zuversichtliches, gutmütiges Lächeln auf den Lippen trug. Es war ein Gesicht, das man aus den Illustrierten kannte. Er hielt ein Buch in Armeslänge von sich, um die Schrift besser lesen zu können, und seine zusammengezogenen Augenbrauen zeugten von gespanntem Interesse.

»Nun, wenn wir noch im 18. Jahrhundert leben würden … «, fuhr der Herr mit dem Perlen-Kragenknopf fort, » … würde ich Sir Andrew, wenn er heute Abend den Klub verlassen wollte, fesseln und knebeln und in eine Sänfte werfen lassen. Die Wache würde mich gewähren lassen, die Passanten würden sich davonmachen, meine gedungenen Schläger und Raufbolde würden ihn an einen einsamen Ort bringen und ihn dort bis zum Morgen bewachen. Nichts würde passieren, außer dass mein Ruf als tatkräftiger Gentleman gestärkt würde. Vielleicht würde die Geschichte sogar in einem Artikel im 'Tatler' enden, mit Sternchen statt Namen, und dem Titel, sagen wir, 'Der Staatshaushalt und der Baronet'.«

»Und wozu sollte das gut sein, Sir?«, erkundigte sich der Jüngste der anwesenden Mitglieder. »Und warum ausgerechnet Sir Andrew – warum haben Sie ihn für dieses Abenteuer ausgewählt?«

Der Herr mit der schwarzen Perle zuckte mit den Schultern: »Das würde ihn daran hindern, heute Abend im Parlament zu sprechen. Es geht dort um das Gesetz zur Erhöhung der Ausgaben für die Marine«, fügte er mit düsterer Stimme hinzu. »Es ist eine Maßnahme der Regierung, und Sir Andrew spricht sich dafür aus. Sein Einfluss ist so groß und seine Anhängerschaft so zahlreich, dass es, wenn er es tut – der Herr lachte ein wenig – dass es durchgehen wird, wenn er es tut.«

»Wenn ich den Geist unserer Vorgänger hätte«, rief er aus, »würde ich Chloroform aus der nächsten Apotheke holen, ihn in diesem Stuhl betäuben, seinen bewusstlosen Körper in eine Droschke werfen und ihn bis zum Tagesanbruch gefangen halten. Wenn ich das täte, würde ich dem britischen Steuerzahler die Kosten für fünf weitere Kriegsschiffe ersparen, viele Millionen Pfund.«

Die Herren drehten sich wieder um und musterten den Baronet mit neuem Interesse.

Das Ehrenmitglied des Grill Club, dessen Akzent ihn bereits als Amerikaner verriet, lachte leise. »Wenn man ihn jetzt so ansieht«, sagte er, »würde man nicht vermuten, dass er sich gerade intensiv mit Staatsgeschäften befasst.«

Die anderen nickten stumm.

»Er hat seinen Blick nicht mehr von diesem Buch abgewendet, seit wir den Raum betreten haben«, fügte das jüngste Mitglied hinzu. »Er kann unmöglich vorhaben, heute Abend zu sprechen.«

»Oh doch, er wird sprechen«, murmelte der Mann mit der schwarzen Perle traurig. »Das Haus tagt bis spät in die Nacht, bis die Sitzung zu Ende ist. Wenn die dritte

Lesung des Marinegesetzes ansteht, wird er zur Stelle sein – und dafür sorgen, dass es verabschiedet wird.«

Der Vierte im Bunde, ein stämmiger, rotwangiger, sportlich wirkender Herr in kurzer Smokingjacke und schwarzer Krawatte, seufzte neidisch.

»Man stelle sich vor, einer von uns würde so ruhig bleiben, wenn er wüsste, dass er in einer Stunde aufstehen muss, um eine Rede im Parlament zu halten. Ich wäre da ganz schön aufgeregt. Und er ist so vertieft in das Buch, das er gerade liest, als hätte er bis zum Schlafengehen nichts mehr vor.«

»Ja, seht nur, wie er die Zeilen verschlingt«, flüsterte das jüngste Mitglied. »Er schaut nicht einmal auf, selbst wenn er die Seiten umblättert. Wahrscheinlich ist es ein Bericht der Admiralität oder ein anderes gewichtiges statistisches Werk, das zu seiner Rede gehört.«

Der Herr mit der schwarzen Perle lachte mürrisch.

»Das 'gewichtige' Werk, in das der große Staatsmann so vertieft ist«, sagte er, »heißt 'der große Goldminen-Raub'. Es ist ein Kriminalroman, der in allen Buchhandlungen zum Verkauf steht.«

Der Amerikaner hob ungläubig die Augenbrauen.

»Der große Goldminen-Raum?«, wiederholte er ungläubig. »Was für ein seltsamer Geschmack!«

»Es ist nicht nur sein Geschmack, es ist sein Laster«, erwiderte der Gentleman mit der Perle, »es ist sein einziger Zeitvertreib, was allgemein bekannt ist, aber man kann kaum erwarten, dass Sie als Fremder von dieser seltsamen Eigenart wissen. Mr. Gladstone* suchte Entspannung bei den griechischen Dichtern, Sir Andrew findet seine bei Gaboriau**. Seit ich Mitglied des Parlaments bin, habe ich ihn in der Bibliothek nie ohne einen Groschenroman in der Hand gesehen. Er bringt sie sogar mit in die heiligen Hallen des Hauses und liest sie, unter seinem Hut versteckt, sogar auf der Regierungsbank.«

[* Politiker und viermaliger Premierminister, ** französischer Schriftsteller (1832-1873), Erfinder des Polizeiromans und Vorreiter des Detektivromans.]

»Wenn er sich einmal in eine Geschichte von Mord, Raub und ungewöhnlichen Todesfällen vertieft hat, kann ihn nichts mehr davon abbringen, nicht einmal der Ruf der Abstimmungsglocke, noch der Hunger, noch die dringenden Aufforderungen des Fraktionsführers. Er hat sein Landhaus aufgegeben, weil er auf der Zugfahrt dorthin so sehr in seine Kriminalgeschichten vertieft war, dass er immer wieder an seinem Bahnhof vorbeifuhr.«

Der Abgeordnete nestelte nervös an seiner Perle und biss sich auf den Rand seines Schnurrbartes. »Wenn er doch nur die ersten Seiten von 'der große Goldminen-Raub' lesen würde«, murmelte er bitter, »und nicht schon die letzten! Ich schwöre, mit so einem Buch könnte man ihn bis zum Morgen festhalten. Dann bräuchte ich kein Chloroform, um ihn vom Parlament fernzuhalten.«

Die Augen aller waren gebannt auf Sir Andrew gerichtet, und jeder sah fasziniert, wie er die letzten beiden Seiten des Buches umblätterte.

Ich würde seinen bewusstlosen Körper in eine Droschke werfen

Der Abgeordnete schlug sanft mit der offenen Handfläche auf den Tisch. »Ich würde hundert Pfund dafür geben«, flüsterte er, »wenn ich ihm in diesem Augenblick eine neue Geschichte von Sherlock Holmes in die Hand drücken könnte – tausend Pfund«, fügte er wie wild hinzu – »fünftausend Pfund!«

Der Amerikaner warf dem Redner einen scharfen Blick zu, als ob die Worte einen besonderen Eindruck auf ihn machen würden, und lächelte dann etwas verlegen über einen Gedanken, der ihm offenbar gerade gekommen war.

Sir Andrew hatte aufgehört zu lesen, aber er saß da, als stünde er noch immer unter dem Einfluss des Buches, und starrte ausdruckslos in das offene Feuer. Für einen kurzen Augenblick rührte sich niemand, bis der Baronet seine Augen abwandte und sich auf plötzlich an etwas erinnerte, dass ihn erschrocken nach seiner Uhr greifen ließ. Eifrig blickte er darauf und richtete sich mühsam auf.

Plötzlich unterbrach der Amerikaner das Schweigen mit heller, nervöser Stimme: »Und doch«, rief er, »könnte selbst Sherlock Holmes das Rätsel nicht lösen, vor dem die Londoner Polizei seit letzter Nacht steht.«

Bei diesen unerwarteten Worten, die etwas Herausforderndes hatten, schreckten die Herren am Tisch jäh auf, als hätte der Amerikaner mit einer Pistole in die Luft geschossen. Sir Andrew blieb wie angewurzelt stehen und sah ihn mit großer Überraschung an.

Der Herr mit der schwarzen Perle war der erste, der seine Fassung wiederfand. »So, so«, sagte er beflissen und beugte sich über den Tisch. »Eine mysteriöse Sache, die die Londoner Polizei vor ein Rätsel stellt. Ich habe nichts davon gehört. Erzählen Sie uns sofort davon – ich bitte Sie inständig, erzählen Sie uns sofort davon.«

Der Amerikaner errötete vor Verlegenheit und zupfte unruhig am Tischtuch. »Niemand außer der Polizei hat davon gehört«, murmelte er, »und auch die nur durch mich. Es ist ein bemerkenswertes Verbrechen, bei dem ich leider der einzige Zeuge bin, und weil es so ist, werde ich trotz meiner Immunität als Diplomat von Scotland Yard festgehalten. Mein Name«, fuhr er fort und neigte höflich den Kopf, »ist Sears, Lieutenant Ripley Sears von der Marine der Vereinigten Staaten, zur Zeit Marineattaché am russischen Hof. Wäre ich heute nicht von der Polizei aufgehalten worden, wäre ich schon am Morgen nach St. Petersburg aufgebrochen.«

Der Gentleman mit der schwarzen Perle unterbrach ihn mit einem so lauten Ausruf der Erregung und Freude, dass der Amerikaner zu stammeln begann und aufhörte, zu sprechen. »Haben Sie das gehört, Sir Andrew!«, rief der Abgeordnete jubelnd. »Ein amerikanischer Diplomat wird von unserer Polizei aufgehalten, weil er der einzige Zeuge eines bemerkenswerten Verbrechens ist – *das* bemerkenswerteste Verbrechen, sagten Sie doch, Sir«, fügte er hinzu und beugte sich beflissen zu dem Marineoffizier hin, »das sich seit vielen Jahren in London ereignet hat.«

**Mein Name, sagte er, ist Sears**

Der Amerikaner nickte zustimmend und neigte seinen Kopf zu den beiden anderen Mitgliedern. Sie sahen ihn voller Zweifel an, und das Gesicht eines jeden zeigte, dass sie äußerst verwirrt waren.

Sir Andrew trat in den Schein der Kerzen und griff nach einem Stuhl. »Das Verbrechen muss in der Tat außergewöhnlich sein«, sagte er, »um zu rechtfertigen, dass die Polizei einen Vertreter einer befreundeten Macht belästigt. Wenn ich nicht gezwungen wäre, sofort zu gehen, würde ich mir die Freiheit nehmen, Sie zu bitten, uns die Einzelheiten zu erzählen.«

Der Gentleman mit der Perle schob den Stuhl weiter zu Sir Andrew hin und forderte ihn auf, sich zu setzen. »Sie können uns jetzt nicht verlassen«, rief er. »Mr. Sears wird uns gleich etwas über dieses bemerkenswerte Verbrechen erzählen.«

Er nickte dem Marineoffizier energisch zu, und der Amerikaner beugte sich über den Tisch, nachdem er zunächst einen misstrauischen Blick auf die Diener am anderen Ende des Raumes geworfen hatte. Die anderen rückten ihre Stühle näher heran und neigten sich zu ihm hin. Der Baronet blickte unschlüssig auf seine Uhr und klappte den Gehäusedeckel mit einem ärgerlichen Ausruf herunter. »Die können warten«, murmelte er. Hastig setzte er sich hin und nickte Lieutenant Sears zu.

»Wenn Sie so freundlich wären, zu beginnen, Sir«, sagte er ungeduldig.

»Natürlich sollten Sie verstehen«, sagte der Amerikaner, »dass ich davon ausgehe, mit Gentlemen zu sprechen. Die Vertraulichkeit dieses Klubs sollte außer Frage stehen. Solange die Polizei die Fakten nicht öffentlich an die Presse weitergibt, muss ich Sie als meine Vertrauten betrachten: Sie haben nichts gehört, Sie kennen niemanden, der mit diesem Geheimnis in zu tun hat. Auch ich muss anonym bleiben.«

Die Herren, die um ihn herum saßen, nickten mit ernster Miene.

»Natürlich«, stimmte der Baronet eifrig zu, »natürlich.«

»Wir werden sie«, sagte der Herr mit der schwarzen Perle, »die Geschichte des Marineattachés nennen.«

»Ich bin vor zwei Tagen in London angekommen«, begann der Amerikaner, »und habe mir ein Zimmer im Bath Hotel genommen. Ich kenne nur sehr wenige Leute in London, und selbst die Mitglieder unserer Botschaft waren mir fremd, aber in Hongkong hatte ich mich mit einem Offizier ihrer Marine angefreundet, der inzwischen im Ruhestand ist und jetzt in einem kleinen Haus in Rutland Gardens gegenüber der Knightsbridge-Kaserne wohnt. Ich hatte ihm telegrafiert, dass ich in London sein würde, und gestern Morgen erhielt ich eine sehr herzliche Einladung, noch am selben Abend mit ihm in seinem Haus zu speisen. Da er Junggeselle ist, aßen wir allein und sprachen über unsere alten Tage auf der 'Asiatischen Station' und über die Veränderungen, die sich seit unserer letzten Begegnung dort ergeben hatten.«

»Da ich am nächsten Morgen zu meinem Posten in St. Petersburg aufbrechen wollte und noch viele Briefe zu schreiben hatte, sagte ich ihm gegen zehn Uhr, dass ich ins Hotel zurückkehren müsse, und er schickte seinen Diener los, um eine Droschke zu rufen.«

»Während der nächsten Viertelstunde, in der wir uns weiter unterhielten, hörten wir die wilden Töne der Droschkenpfeife, die von der Türschwelle kamen – aber offenbar ohne Ergebnis.«

»Es kann doch nicht sein, dass die Kutscher streiken«, sagte mein Freund, als er aufstand und zum Fenster ging. Dort zog er sofort die Vorhänge zurück und rief nach mir.

»'Du hast noch nie einen Londoner Nebel gesehen, oder?'«, fragte er. »'Nun, komm her. Das ist einer der besten oder besser gesagt, einer der schlimmsten.'«

»Ich ging zu ihm ans Fenster, aber ich konnte nichts sehen. Hätte ich nicht vorher gewusst, dass man vom Haus aus auf die Straße sehen konnte, hätte ich geglaubt, vor einer toten Wand zu stehen.«

»Ich hob den Fensterflügel an und streckte den Kopf hinaus, aber ich konnte immer noch nichts erkennen; selbst das Licht der Straßenlaternen gegenüber und in den oberen Fenstern der Kaserne war im gelben Nebel verschwunden. Die Lichter des Raumes, in dem ich stand, durchdrangen den Nebel nur bis auf wenige Zentimeter vor meinen Augen.«

»Unter mir pfiff immer noch der Diener, aber ich konnte es mir nicht leisten, länger zu warten, und sagte meinem Freund, dass ich versuchen würde, den Weg zu meinem Hotel zu Fuß zu finden. Er war zwar dagegen, aber die Briefe, die ich zu schreiben hatte, waren für das Marineministerium bestimmt, und außerdem hatte ich immer gehört, dass es eine wunderbare Erfahrung sei, in einem Londoner Nebel unterwegs zu sein. Ich war neugierig darauf, dies selbst zu erkunden.«

»Mein Freund begleitete mich bis zu seiner Haustür und beschrieb mir den Kurs, dem ich folgen sollte. Zuerst geradeaus über die Straße bis zur Backsteinmauer der Knightsbridge Kaserne, dann an der Mauer entlang, bis zu einer Reihe von Häusern, die dort vom Bürgersteig zurückgesetzt standen. Diese würden mich zu einer Querstraße führen. Auf der anderen Seite dieser Straße befindet sich eine Reihe von Geschäften, denen ich folgen sollte, bis sie den eisernen Geländerzaun des Hyde Parks erreichen. Daran entlang bis ich zu den Toren am Hyde Park Corner. Von dort aus geht es diagonal über den Picadilly auf den Zaun des Green Park zu. Am Ende dieses Zauns, in östlicher Richtung, würde ich das Walsingham und mein eigenes Hotel finden. Für einen Seemann erschien der Kurs natürlich nicht schwierig, also verabschiedete ich mich von meinem Freund und bewegte mich voran, bis ich das Kopfsteinpflaster unter meinen Füßen spürte. Ich ging weiter und erreichte die Bordsteinkante.«

»Noch ein paar Schritte, und meine Hände stießen an die Wand der Kaserne. Ich drehte mich um, blickte zurück in die Richtung, aus der ich gerade gekommen war, und sah ein rechteckiges, schwaches Licht im gelblichen Nebel. Ich rief: 'Alles klar', und die Stimme meines Freundes antwortete: 'Viel Glück'. Urplötzlich verschwand das Licht aus seiner offenen Tür, und ich blieb allein in einer feuchten, gelben Dunkelheit zurück.«

»Ich bin seit zehn Jahren bei der Marine, aber so einen Nebel wie letzte Nacht habe ich noch nie erlebt, nicht einmal zwischen den Eisbergen der Beringsee. Dort konnte man wenigstens das Licht des Windmessers sehen, aber letzte Nacht konnte ich nicht einmal die Hand erkennen, mit der ich die Kasernenmauer berührte.«

»Auf See ist der Nebel ein natürliches Phänomen. Er ist so vertraut wie der Regenbogen, der auf einen Sturm folgt. Es ist normal, dass sich ein Nebel auf dem Wasser ausbreitet wie der Dampf, der aus einem Kessel hochkommt, aber ein Nebel, der von den gepflasterten Straßen aufsteigt, der sich zwischen massiven Häuserfassaden wälzt, der die Droschken zwingt, mit halber Geschwindigkeit zu fahren, der Polizisten und die elektrischen Lichter des Varietétheaters verschwinden lässt, das ist für mich unfassbar. Er ist so fehl am Platz wie eine Flutwelle auf dem Broadway.«

»Als ich mich an der Wand entlangtastete, begegnete ich anderen Männern, die aus der entgegengesetzten Richtung kamen, und jedes Mal, wenn wir uns grüßten, trat ich von der Wand zurück, um ihnen Platz zu machen, damit sie passieren konnten; aber als ich beim dritten Mal die Hand ausstreckte, war die Wand verschwunden, und je weiter ich mich bewegte, um sie zu finden, desto tiefer schien ich im Raum zu versinken.«

»Ich hatte den unangenehmen Gedanken, dass ich jeden Moment über einen Abgrund stürzen könnte.«

»Seit ich mich auf den Weg gemacht hatte, hatte ich keinerlei Verkehrsgeräusche auf der Straße gehört, und nun konnte ich, obwohl ich einige Minuten lauschte, nur gelegentlichen die Schritte von Fußgängern wahrnehmen.«

»Mehrmals rief ich laut, und einmal antwortete mir ein scherzhaft aufgelegter Herr, aber nur, um mich zu fragen, wo ich ihn vermuten würde, und dann wurde auch er von der Stille verschluckt.«

»Direkt über mir konnte ich einen brennenden Gasstrahl ausmachen, der wohl von einer Straßenlaterne kommen musste. Ich bewegte darauf zu und hielt mich mit der Hand am Eisenpfosten fest, während ich versuchte, mich zu orientieren.«

»Abgesehen von diesem Gasflackern, das nicht größer als meine Fingerspitze war, konnte ich nichts um mich herum erkennen. Ansonsten hing der Nebel wie eine feuchte, schwere Decke zwischen mir und der Welt.«

»Ich hörte Stimmen, konnte aber nicht sagen, woher sie kamen, das Scharren eines Fußes, der sich vorsichtig bewegte, oder einen gedämpften Schrei, wenn jemand stolperte.«

»Dies waren die einzigen Geräusche, die mich erreichten. Ich beschloss, dass es das Beste sei, dort zu bleiben, wo ich war, bis mich jemand mitnehmen würde, und so wartete ich wohl zehn Minuten lang bei der Laterne, spitzte die Ohren und lauschte auf entfernte Schritte.«

»In einem Haus, ganz in meiner Nähe, tanzten einige Leute zur Musik einer ungarischen Band. Ich glaubte sogar, die Fenster im Rhythmus ihrer Füße wackeln zu hören, aber ich konnte nicht ausmachen, aus welcher Himmelsrichtung die Klänge kamen. Und manchmal, wenn die Musik anschwoll, schien sie ganz nah bei mir zu sein, um dann wieder hoch über meinem Kopf zu schweben. Obwohl ich von zahlreichen Hausgesellschaften umgeben war, fühlte ich mich so verloren, als hätte man mich allein und bei Nacht in der Sahara ausgesetzt.«

»Da ich nicht länger auf eine Eskorte warten wollte, machte ich mich wieder auf den Weg und stieß alsbald auf einen niedrigen Eisenzaun. Zunächst dachte ich, es handele sich um eine kleinere Umzäunung, aber als ich diesem folgte, stellte ich fest, dass er sich über eine lange Strecke ausdehnte und in regelmäßigen Abständen von Toren unterbrochen war.«

»Ich stand unsicher da, mit der Hand auf einem von ihnen, als sich plötzlich ein rechteckiges Licht in der Nacht öffnete, und darin sah ich, wie man das Bild sieht, das ein Projektionsapparat in einem abgedunkelten Theater wirft, einen jungen Herrn in Abendgarderobe und hinter ihm die Lichter einer Eingangshalle. Aufgrund der Höhe und der Entfernung zum Gehweg vermutete ich, dass dieses Licht von der Tür eines Hauses kommen musste, das von der Straße zurückgesetzt war, und ich beschloss, mich dem Haus zu nähern und den jungen Mann zu fragen, wo ich sei.«

Ein rechteckiges Licht öffnete sich plötzlich in der Nacht

»Als ich mich am Riegel des Tores zu schaffen machte, senkte ich instinktiv den Kopf, und als ich ihn wieder hob, war die Tür teilweise geschlossen und ließ nur einen schmalen Lichtschacht übrig. Ob der junge Mann das Haus wieder betreten oder es verlassen hatte, konnte ich nicht sagen, aber ich beeilte mich, das Tor zu öffnen.«

»Als ich vorwärts ging, kam ich auf einen asphaltierten Weg, und zugleich ertönten schnelle Schritte auf dem Asphalt. Jemand eilte an mir vorbei. Ich rief nach ihm, aber er antwortete nicht, und ich hörte nur noch das Zuschlagen des Tores und schnellen Schritte, die auf dem Gehsteig davoneilten.

»Unter anderen Umständen wäre mir die Unhöflichkeit des jungen Mannes und sein Leichtsinn, so schnell durch den Nebel zu rennen, merkwürdig vorgekommen, aber alles war durch den Dunst so verzerrt, dass ich es im Augenblick nicht beachtete.«

»Die Haustür war immer noch halb offen. Ich ging den Weg hinauf und fand nach langem Herumtasten den Knauf der Türklingel und zog kräftig daran.«

»Die Glocke antwortete mir aus großer Tiefe und Entfernung, aber aus dem Inneren des Hauses kam keinerlei Regung, und obwohl ich immer wieder an der Glocke zog, hörte ich nichts als das Tröpfeln des Nebels um mich herum.«

»Ich hatte mich eigentlich schon fest entschlossen, weiterzugehen, aber ohne zu wissen, wohin ich mich bewegte, hatte ich kaum eine Chance, schneller voranzukommen. Also beschloss ich, mich nicht wieder in den Nebel zu wagen, bevor ich wusste, wo ich war. Also stieß ich die Tür auf und betrat das Haus.«

»Ich befand mich in einer langen, schmalen Halle, zu der sich auf beiden Seiten Türen öffneten. An ihrem Ende befand sich eine Treppe mit einem Geländer, das in einem schwungvollen Bogen endete. Die Balustrade war mit schweren Perserteppichen behangen, ebenso die Wände der Halle.«

»Die Tür zu meiner Linken war geschlossen, aber die zu meiner Rechten war offen. Als ich reinging, sah ich, dass es sich um eine Art Empfangs- oder Wartezimmer handelte, das leer war.«

»Die Tür weiter hinten war ebenfalls offen, und da ich vermutete, dort jemanden zu anzutreffen, ging ich weiter den Flur entlang.«

»Ich trug meine Abendgarderobe und meinte, dass ich darin nicht wie ein Einbrecher aussehen würde. Ich hatte daher keine große Angst, dass mich einer der Hausbewohner sofort erschießen würde, wenn ich ihm begegnete.«

»Die weitere Tür im Flur führte in ein Esszimmer. Auch dieses war leer. An dem Tisch hatte eine Person gegessen. Es war noch nicht abgeräumt worden, und eine flackernde Kerze beleuchtete halb gefüllte Weingläser und die Asche von Zigaretten. Der größte Teil des Raumes lag in völliger Dunkelheit.«

»Inzwischen wurde mir klar, dass ich in einem fremden Haus umherirrte und offenbar allein war. Die

Stille des Ortes begann an meinen Nerven zu zerren, und in einer plötzlichen, unerklärlichen Panik rannte ich wieder in Richtung der offenen Straße, doch als ich mich noch einmal umdrehte, sah ich einen Mann auf einer Bank hocken, die durch die Biegung der Balustrade vor mir verborgen war. Seine Augen waren geschlossen, und er schlief tief und fest.«

»Einen Moment zuvor war ich verwirrt, weil ich niemanden entdecken konnte, aber als ich jetzt diesen Mann sah, war ich noch verwirrter.«

»Es war ein sehr großer Mann, ein Riese mit langen gelblichen Haaren, die ihm bis über die Schultern reichten. Er trug ein rotes Seidenhemd, das in der Taille gegürtet war und über einer schwarzen Samthose hing, die in hohen schwarzen Stiefeln steckte.«

»Ich erkannte die Tracht sofort als die eines russischen Dieners, konnte mir aber nicht erklären, was ein russischer Diener in dieser Tracht in einem Privathaus in Knightsbridge zu suchen hatte.«

»Ich trat nach vorne und berührte den Mann an der Schulter, woraufhin er mühsam aufwachte. Als er mich sah, sprang er auf, verbeugte sich schnell und machte entschuldigende Gesten.«

»Ich hatte in St. Petersburg genug Russisch gelernt, um zu verstehen, dass der Mann sich dafür entschuldigte, eingeschlafen zu sein, und ich konnte ihm auch erklären, dass ich seinen Herrn sehen wollte.«

»Er nickte energisch und sagte: 'Kommen Sie bitte mit, Exzellenz. Die Prinzessin ist hier.' Ich konnte das

Wort 'Prinzessin' sehr deutlich verstehen, und es machte mich sehr verlegen.«

»Ich hatte gedacht, es wäre recht einfach, einem Mann mein Eindringen zu erklären, aber wie eine Frau das sehen würde, war eine andere Sache, und als ich ihm den Flur entlang folgte, war ich einigermaßen verwirrt.«

»Als wir gerade gehen wollten, bemerkte er, dass die Haustür offen stand. Mit einem Ausruf der Überraschung eilte er hin und schloss sie. Dann klopfte er zweimal an die Tür, die zum Salon zu führen schien. Als er keine Antwort erhielt, klopfte er noch einmal, öffnete sie dann zaghaft und unterwürfig und trat ein. Sofort zog er sich zurück, blickte mich dumm an und schüttelte den Kopf. 'Sie ist nicht da', sagte er.«

»Einen Moment lang stand er unschlüssig herum, starrte ausdruckslos durch die offene Tür und dann in Richtung des Esszimmers. Die einsame Kerze, die den Raum noch beleuchtete, schien ihm die Gewissheit zu geben, dass auch dieser leer war.«

»Er kam zurück und bat mich, in den Salon zu gehen. 'Sie ist oben', sagte er, 'ich werde die Prinzessin über die Anwesenheit Eurer Exzellenz informieren.' Bevor ich ihn aufhalten konnte, hatte er sich umgedreht, war die Treppe hinaufgestürmt und hatte mich allein vor der offenen Tür des Salons stehen lassen.«

»Ich dachte, ich hätte nun genug von diesem Abenteuer. Wenn es nur darum gegangen wäre, dem Russen zu erklären, dass ich mich im Nebel verirrt hatte und nur wieder zurück auf die Straße wollte, hätte ich das Haus sofort verlassen.«

»Als ich an der Hausglocke läutete, hatte ich natürlich nichts anderes erwartet, als dass mir ein Dienstmädchen antworten und mir den Weg weisen würde. Ich konnte ja nicht ahnen, dass ich eine russische Prinzessin in ihrem Boudoir stören und vielleicht von ihrer athletischen Leibwache hinausgeworfen werden würde.«

»Trotz allem dachte ich aber, dass ich nicht ohne eine Entschuldigung aus dem Haus gehen sollte. Im schlimmsten Fall könnte ich meine Karte vorzeigen; sie würden wohl kaum annehmen, dass ein Mitglied einer Botschaft böse Absichten haben könnte.«

»Der Raum, in dem ich mich nun befand, war nur schwach beleuchtet, aber ich konnte sehen, dass er, wie auch der Flur, mit schweren Perserteppichen ausgelegt war. In den Ecken standen Palmen, und in der Luft hing der unverkennbare Geruch von russischen Zigaretten und seltsamen, trockenen Düften, die mich an die Basare von Wladiwostok erinnerten.«

»In der Nähe der vorderen Fenster stand ein Klavier, und am anderen Ende des Raumes befand sich ein schwerer geschnitzter Paravent aus schwarzem Holz mit Elfenbein-Verzierungen. Er war mit einem Baldachin aus Seidenstoffen überspannt und bildete eine Art Nische. Davor war das weiße Fell eines Eisbären ausgebreitet, auf dem einer dieser niedrigen türkischen

Kaffeetische stand, auf dem sich eine brennende Spirituslampe und zwei goldene Kaffeetassen befanden.«

»Von der oberen Treppe her konnte ich keinerlei Regung wahrnehmen. Ich stand wohl drei Minuten lang da, nahm die Einzelheiten des Raumes in mich auf und wunderte mich über die Verspätung und die fast schon merkwürdige Stille.«

»Und dann, ganz plötzlich, als sich meine Augen besser an das Halbdunkel gewöhnt hatten, sah ich die Hand eines Mannes und den unteren Teil seines Arms hinter einer Abdeckung, als wären sie auf der Rücklehne eines Diwans ausgestreckt.«

»Ich war so erschrocken, als wäre ich auf einer einsamen Insel auf einen Fußabdruck gestoßen. Offensichtlich hatte der Mann schon dort gesessen, seit ich ins Zimmer gekommen war, ja sogar seit ich das Haus betreten hatte. Er musste das Klopfen des Dieners an der Tür gehört haben. Ich verstand nicht, warum er sich nicht bemerkbar machte. Vielleicht war er ein Gast, dachte ich mir, und hatte er keinen Anlass gesehen, sich für die anderen Besucher der Prinzessin zu interessieren. Möglicherweise wollte er auch aus einem anderen Grund nicht gesehen werden.«

»Ich konnte nicht mehr von ihm sehen, außer seiner Hand, aber ich hatte das unangenehme Gefühl, dass er mich durch die Schnitzerei im Paravent hindurch beobachtet hatte und es immer noch tat.«

»Geräuschvoll bewegte ich meine Füße auf dem Boden und sagte zaghaft: 'Ich bitte um Verzeihung'.«

»Es kam keine Antwort, die Hand bewegte sich nicht. Offenbar wollte der Mann mich ignorieren, aber da ich mich lediglich für mein Eindringen entschuldigen und das Haus verlassen wollte, ging ich zur Nische und spähte um sie herum.«

»Ich sah dort einen Diwan, auf dem sich viele Kissen stapelten und an dessen, näher zu mir gelegenen Ende, saß der Mann, ein junger Engländer mit hellgelben Haar und stark gebräunten Gesicht, mit ausgestreckten Armen auf der Lehne des Diwans, den Kopf auf ein Kissen gestützt.«

»Seine Haltung war von völliger Bewegungslosigkeit geprägt, aber sein Mund war weit aufgerissen, und seine Augen blickten mich mit einem Ausdruck vollkommenen Entsetzens an. Ich sah sofort, dass er tot sein musste.«

»Für einen kurzen Moment war ich zu erschrocken, um irgendetwas zu tun, aber gleichzeitig war ich überzeugt, dass der Mann nicht durch einen Unfall ums Leben gekommen und auch nicht auf natürliche Weise gestorben war. Der Ausdruck auf seinem Gesicht war viel zu entsetzlich, um falsch interpretiert zu werden. Er war so deutlich wie Worte und verriet mir, dass er, bevor das Ende kam, seinen Tod kommen und ihn bedrohen sah.«

»Ich war mir vollkommen sicher, dass er ermordet wurde, sodass ich instinktiv den Boden nach der Tatwaffe absuchte, und im selben Moment, aus Sorge um meine Sicherheit, schaute ich hastig hinter mich, aber die Stille im Haus blieb ungebrochen.«

»Ich habe schon sehr viele Tote gesehen, ich war während des japanisch-chinesischen Krieges auf der Asiatischen Station und ich war in Port Arthur nach dem Massaker. Ein toter Mann stößt mich also nicht ab, nur weil er tot ist.«

»Obwohl ich wusste, dass es keine Hoffnung gab, dass dieser Mann noch am Leben war, fühlte ich routinemäßig seinen Puls, und während ich meine Ohren auf jedes Geräusch aus den Stockwerken über mir richtete, zog ich sein Hemd auf und legte meine Hand auf sein Herz. Meine Finger berührten sofort die Öffnung einer Wunde, und als ich sie zurückzog, war sie blutverschmiert.«

»Er trug einen Abendanzug, und in dem weiten Bruststoff seines Hemdes fand ich einen schmalen Schlitz, so schmal, dass er in dem schwachen Licht kaum zu erkennen war. Die Wunde war nicht breiter als die kleinste Klinge eines Taschenmessers, aber als ich das Hemd von der Brust zog und sie offen vor mir sah, stellte ich fest, dass die Waffe, so schmal sie auch war, die ausreichende Länge gehabt haben musste, um sein Herz zu erreichen.«

»Ich muss Ihnen nicht sagen, was ich fühlte, als ich neben der Leiche dieses jungen Mannes stand der nicht viel älter als ein Junge war, oder welche Gedanken mir durch den Kopf gingen.«

»Ich hatte großes Mitleid mit dem Fremden, war wütend auf seinen Mörder und gleichzeitig, im eigenen

Interesse, um meine Sicherheit besorgt oder das unweigerlich folgende Bekanntwerden der Sache.«

»Mein Instinkt sagte mir, die Leiche dort liegen zu lassen, wo sie war, und mich im Nebel zu verstecken, doch ich spürte auch, dass ich durch eine Reihe von Zufällen der einzige Zeuge eines Verbrechens wurde, und dass es meine Pflicht war, ein guter Zeuge zu sein und zur Aufklärung dieses Mordes beizutragen.«

»Dass es sich möglicherweise um einen Selbstmord und nicht um einen Mord gehandelt haben könnte, kam mir angesichts der Umstände keinen Moment lang in den Sinn. Das Fehlen der Waffe und der Gesichtsausdruck des jungen Mannes reichten aus, um zumindest mich davon zu überzeugen, dass es Fremdeinwirkung war.«

»Ich hielt es daher für äußerst wichtig, zunächst einmal herauszufinden, wer sich in dem Haus befand oder falls jemand aus dem Haus geflohen war, wer sich dort aufgehalten hatte, bevor ich es betrat.«

»Ich hatte einen Mann aus dem Haus gehen sehen, aber ich konnte über ihn nur sagen, dass es ein junger Mann gewesen sein musste, dass er einen Abendanzug trug und in solcher Eile geflohen war, dass er nicht stehen blieb, um die Tür hinter sich zu schließen.«

»Der russische Diener, den ich schlafend vorgefunden hatte, war ein dummer und unwissender Tölpel, der an dem Mord ebenso unschuldig war wie ich, es sei denn, er hätte seine Rolle mit großem Geschick gespielt.«

»Dann war da noch die russische Prinzessin, von der er erwartete, sie im selben Zimmer wie den Ermordeten zu finden oder zu finden vorgab. Ich vermutete, dass sie jetzt entweder oben zusammen mit dem Diener sein musste, oder dass sie, ohne sein Wissen, bereits aus dem Haus geflohen war. Wenn ich mir seine scheinbar aufrichtige Überraschung darüber ins Gedächtnis rief, sie nicht im Salon gefunden zu haben, schien mir letztere Annahme wahrscheinlicher.«

»Ich hielt es dennoch für meine Pflicht, nachzusehen, und nachdem ich eine zweite, hastige Suche nach der Waffe unter den Kissen des Diwans und auf dem Fußboden beendet hatte, ging ich vorsichtig durch den Flur und betrat das Esszimmer.«

»Dort flackerte noch die einzige Kerze noch in der Zugluft und zeigte nur das weiße Tischtuch. Der Rest des Zimmers lag im Dunkeln. Ich nahm die Kerze in die Hand, hob sie hoch über meinen Kopf und ging um die Ecke des Tisches herum.«

»Entweder waren meine Nerven so angespannt, dass kein sie Schock weiter strapazieren konnte, oder mein Geist war gegen das Grauen geimpft, denn ich schrie nicht auf bei dem, was ich jetzt sah, und ich wich auch nicht davor zurück.«

»Zu meinen Füßen lag der Körper einer schönen Frau in voller Länge auf dem Boden, die Arme zu beiden Seiten ausgebreitet und ihr weißes Gesicht und ihre Schultern schimmerten matt im flackernden Licht der Kerze.«

»Um ihren Hals hing eine große Diamantkette; das Licht spielte mit dem Schmuck und ließ ihn funkeln und in winzigen Flämmchen lodern, aber die Frau, die ihn trug, war tot.«

»Ich war mir so sicher, wie sie zu Tode gekommen war, dass ich, ohne einen Augenblick zu zögern, neben ihr auf die Knie fiel und meine Hände auf ihr Herz legte.«

»Meine Finger berührten wieder den schmalen Riss einer Wunde, und als ich die Kerze auf ihr Gesicht senkte, hatte keinen Zweifel mehr, dass es sich um die russische Prinzessin handelte.«

»Ihre Gesichtszüge waren fein gezeichnet; ihre Augen schwarz, ihr Haar blauschwarz und wunderbar voll. Ihre Haut war selbst im Tod noch voller Farbe. Sie war eine außergewöhnlich schöne Frau.«

»Ich erhob mich und versuchte mit der Kerze, dich ich in der Hand hielt, eine weitere anzuzünden, aber ich spürte, dass meine Hand so unsicher war, dass es mir schwerfiel, die Dochte zusammenzuhalten.«

»Ich wollte mich noch einmal auf die Suche nach diesem seltsamen Dolch machen, mit dem der junge Engländer als auch die schöne Prinzessin getötet worden waren, aber bevor ich die zweite Kerze anzünden konnte, hörte ich Schritte auf der Treppe, und der russische Diener erschien in der Tür.«

Zu meinen Füßen lag der Körper einer schönen Frau

»Mein Gesicht war im Dunkeln, sonst wäre er mit Sicherheit erschrocken. In diesem Augenblick war ich mir nicht mehr so sicher, ob dieser Mann nicht selbst der Mörder war. Sein Gesicht war im vom Flur kommenden Licht deutlich zu erkennen, und ich konnte sehen, dass es einen Ausdruck von dumpfer Verblüffung trug.«

»Ich ging schnell auf ihn zu und packte ihn fest am Handgelenk.«

»'Sie ist nicht da'«, sagte er. 'Die Prinzessin ist weg. Sie sind alle weg.'«

»'Wer ist weg?' fragte ich. 'Wer war noch da?'«

»'Die zwei Engländer'«, sagte er.

»'Welche zwei Engländer?', wollte ich wissen. 'Wie heißen sie?'«

»Der Mann merkte an meinem Verhalten, dass seine Antwort besonders wichtig war und beteuerte zunächst, dass er die Namen der Besucher nicht kenne und sie bis zu diesem Abend noch nie gesehen habe.«

»Als ich merkte, dass mein Ton ihn erschreckt hatte, nahm ich meine Hand von seinem Handgelenk und sprach weniger aufgeregt.«

»'Wie lange waren sie hier?', fragte ich, 'und wann sind sie gegangen?'«

»Er deutete hinter sich auf den Salon.«

»'Der eine saß dort mit der Prinzessin', sagte er, 'der andere kam, nachdem ich den Kaffee in den Salon gebracht hatte. Die beiden Engländer unterhielten sich miteinander, und die Prinzessin kam hierher an den Tisch zurück. Sie setzte sich auf diesen Stuhl, und ich brachte ihr Cognac und Zigaretten, dann setzte ich mich draußen auf die Bank. Es war ein Festtag, und ich hatte getrunken. Verzeihen Sie, Exzellenz, aber ich bin eingeschlafen. Als ich aufwachte, stand Eure Exzellenz neben mir, aber die Prinzessin und die beiden Engländer sind verschwunden. Mehr weiß ich nicht.'«

»Ich glaubte, dass der Mann mir die Wahrheit sagte. Sein Schrecken hatte sich gelegt, und jetzt schien er verwirrt, aber nicht beunruhigt.«

»'Sie müssen sich an die Namen der Engländer erinnern', drängte ich ihn, »versuchen Sie zu nachzudenken. Als Sie die beiden der Prinzessin angekündigt haben, welche Namen haben Sie ihr da genannt?'«

»Auf diese Frage hin rief er etwas erfreut aus, winkte mir zu und eilte durch den Flur in den Salon. In der Ecke, die am weitesten von dem Paravent entfernt war, stand das Klavier, auf dem ein silbernes Tablett lag. Er nahm es in die Hand und zeigte, mit einem stolzen Lächeln über seine eigene Intelligenz, auf zwei darauf liegende Visitenkarten. Ich nahm sie auf und las die Namen, die darauf eingraviert waren.«

Der Amerikaner hielt abrupt inne und blickte in die Gesichter um ihn herum. »Ich habe die Namen gelesen«, wiederholte er. Er sprach sehr zögerlich.

»Fahren Sie fort!«, rief der Baronet scharf.

»Ich habe die Namen gelesen«, sagte der Amerikaner mit sichtlichem Widerwillen, »und die Nachnahmen waren identisch. Es waren die Namen von zwei Brüdern. Der eine ist Ihnen wohlbekannt; es ist der Name des Afrikaforschers, von dem dieser Gentleman gerade gesprochen hat. Ich meine den Earl of Chetney. Der andere war der Name seines jüngeren Bruders, Lord Arthur Chetney.«

Die Männer am Tisch fielen zurück, als ob sich eine Falltür unter ihnen geöffnet hätte.

»Der Earl of Chetney!«, riefen sie im Chor. Sie sahen sich erst gegenseitig und dann den Amerikaner mit einem Ausdruck großer Besorgnis und Ungläubigkeit an.

»Das ist unmöglich!«, rief der Baronet aus. »Sehen Sie, mein lieber Herr, der junge Chetney ist erst gestern aus Afrika eingetroffen. So stand es in den Abendzeitungen.«

Die Kieferpartie des Amerikaners nahm entschlossene Züge an, und er presste die Lippen zusammen.

»Sie haben vollkommen recht, Sir«, sagte er, »der Earl of Chetney ist gestern Morgen in London angekommen, und gestern Abend habe ich seine Leiche gefunden.«

Der jüngste unter den Anwesenden erholte sich als Erster. Er schien weniger über die Identität des Ermordeten beunruhigt zu sein als über die Unterbrechung der Erzählung.

»Oh, bitte lasst ihn weitermachen!«, rief er. »Was ist passiert? Sie sagen, Sie haben zwei Visitenkarten gefunden. Woher wissen Sie, welche zu dem Ermordeten gehört?«

Bevor der Amerikaner antwortete, wartete er, bis der Chor der Ausrufe verstummt war. Dann fuhr er fort, als sei er nicht unterbrochen worden.

»Sofort, nachdem ich die Namen auf den Karten gelesen hatte«, sagte er, »rannte ich zum Paravent, kniete mich neben dem Toten nieder und durchsuchte seine Taschen. Meine Hand fiel sofort auf ein Kartenetui, und ich fand auf allen Karten den Titel des Earl of Chetney. Auch seine Uhr und sein Zigarettenetui trugen seinen Namen. Diese Indizien und die Tatsache, dass seine Haut gebräunt und seine Wangenknochen vom Fieber gezeichnet waren, überzeugten mich, dass der Tote der Afrikaforscher war und der junge Mann, der in der Nacht an mir vorbeihuschte, sein jüngerer Bruder Arthur.«

»Ich war so in meine Suche vertieft«, fuhr er fort, »dass ich den Diener vergaß, der mir gefolgt war. Ich kniete noch, als ich hinter mir einen Schrei hörte. Ich drehte mich um und sah den Mann, der entsetzt auf die Leiche starrte. Bevor ich aufstehen konnte, stieß er einen weiteren Schreckensschrei aus, stürzte sich in den Flur und rannte auf die Tür zur Straße zu. Ich sprang hinter her und rief ihm zu, er solle stehen bleiben, aber bevor ich den Flur erreichen konnte, hatte er die Tür aufgerissen, und ich sah ihn in den gelben Nebel hineinrennen.«

»Ich rannte mit einem Satz die Außentreppe hinunter und rannte den Weg im Garten entlang, als das Tor vor mir einrastete. Ich öffnete es sofort und rannte, dem Geräusch der Schritte des Mannes folgend, hinter ihm her auf die offene Straße. Auch er konnte mich hören und stoppte sofort. Es herrschte absolute Stille. Er war so nah, dass ich fast glaubte, ihn keuchen zu hören. Ich hielt den Atem an, um zu lauschen, aber ich konnte nichts anderes wahrnehmen als das Tröpfeln des Nebels um uns herum und in der Ferne die Musik der ungarischen Kapelle, die ich vernommen hatte, als ich mich zum ersten Mal verirrte. Alles, was ich sehen konnte, war das rechteckige Licht der Tür, die ich hinter mir offengelassen hatte, und eine Lampe, die in der Halle dahinter im Luftzug flackerte. Aber noch während ich das beobachtete, wurde die Flamme der Lampe heftig hin und her geblasen, und langsam schloss sich die Tür, die von dem gleichen Luftstrom erfasst wurde.«

»Ich wusste, dass ich nicht mehr in das Haus hineinkommen würde, wenn die Tür geschlossen war, also rannte wie verrückt auf sie zu. Ich glaube, ich habe sogar geschrien, als wäre sie etwas Menschliches, das ich zwingen könnte, mir zu gehorchen, und dann blieb ich mit dem Fuß an der Bordsteinkante hängen und knallte auf den Bürgersteig.«

»Als ich wieder aufstand, war ich benommen und halb betäubt, und obwohl ich damals glaubte, mich auf die Tür zuzubewegen, weiß ich jetzt, dass ich mich wahrscheinlich geradewegs von ihr abgewandt hatte, denn als ich in der Nacht herumtastete, und verzweifelt nach der Polizei rief, berührten meine Finger nichts als den triefenden Nebel, und das eiserne Geländer, nach dem ich suchte, schien sich aufgelöst zu haben.«

»Minutenlang habe ich mit den Armen wie ein Blinder gegen den feuchten Dunst geschlagen. Ich habe mich scharf im Kreis gedreht, laut über meine Dummheit geflucht und ununterbrochen um Hilfe gerufen. Endlich antwortete mir eine Stimme aus dem Nebel, und ich fand mich im Schein der Laterne eines Polizisten wieder.«

»Das ist das Ende meines Abenteuers. Was ich Ihnen jetzt erzählen werde, ist das, was ich von der Polizei erfahren habe.«

»Auf der Wache, zu der er mich brachte, erzählte ich das, was Sie gerade gehört haben. Ich sagte ihnen, dass das Haus, das sie sofort finden sollten, von der Straße zurückgesetzt sei, sich zweihundert Meter von der Knightsbridge-Kaserne entfernt befindet, dass in einem Umkreis von fünfzig Metern jemand zur Musik einer ungarischen Kapelle tanze und dass das Geländer vor dem Haus mannshoch und spitz zulaufend wäre.«

»Daraufhin wurden sofort zwanzig Männer in den Nebel hinausbeordert, um nach dem Haus zu suchen, und Inspektor Lyle selbst wurde mit einem Haftbefehl für Lord Arthur zum Haus von Lord Edam, seinem Vater, geschickt. Man bedankte sich und entließ mich gegen mein Ehrenwort, zur Verfügung zu bleiben.«

»Heute Morgen kam Inspektor Lyle zu mir. Von ihm erfuhr ich den Grund für den Haftbefehl, und welche Meinung die Polizei bezüglich der Sache hat. Ich musste wohl sehr weit im Nebel herumgeirrt sein, denn bis heute Mittag konnte man das Haus nicht finden. Auch Lord Arthur hatte man nicht festnehmen können. Er ist letzte

Nacht nicht in das Haus seines Vaters zurückgekehrt, und es gibt keine Spur von ihm. Aus dem, was die Polizei über die Vergangenheit der betroffenen Personen wusste, hatten sie eine Theorie entwickelt, und die ist, dass die Morde von Lord Arthur Chetney, dem jüngeren Bruder des Earl of Chetney, begangen worden waren.«

»Die Liebe seines älteren Bruders, des Earl of Chetney, zu einer russischen Prinzessin, so sagte mir Inspektor Lyle, sei allgemein bekannt. Vor etwa zwei Jahren waren Prinzessin Zichy, wie sie sich selbst nannte, und er ständig zusammen, und der Earl of Chetney erzählte seinen Freunden, sie seien im Begriff zu heiraten. Die Frau war auf zwei Kontinenten berüchtigt, und als der Vater, Lord Edam Chetney, von der Liebe seines Sohnes erfuhr, ging er zur Polizei, um ihre Akte einzusehen. Dadurch, dass der Vater sich an sie gewandt hatte, wissen sie so viel über sie und ihre Beziehung zum Earl of Chetney. Von der Polizei erfuhr der Vater, dass Madame Zichy früher als Spionin im Dienste der russischen Dritten Sektion gestanden hatte, aber kürzlich von ihrer eigenen Regierung entlassen worden war. Sie lebte fortan von ihrer Schlauheit, von Erpressung und ihrer Schönheit.«

»Lord Edam Chetney hatte seinem Sohn diesen Bericht gezeigt, aber entweder wusste der Earl of Chetney bereits davon, oder die Frau hatte ihn überzeugt, es nicht zu glauben, und so trennten sich Vater und Sohn in großem Zorn. Zwei Tage später änderte sein Vater das Testament und vermachte sein gesamtes Vermögen seinem jüngeren Bruder Arthur. Er konnte dem Earl of Chetney den Titel und einen Teil des Grundbesitzes nicht vorenthalten, aber er schwor, wenn sein Sohn die Frau je wiedersehen sollte, würde das Testament so bleiben, wie es war, und er würde ohne einen Penny dastehen.«

»Es war vor etwa achtzehn Monaten, als sich der Earl of Chetney, scheinbar der Prinzessin überdrüssig, plötzlich aufmachte, um in Zentralafrika zu jagen und zu forschen. Man hörte nichts mehr von ihm, außer dass zweimal berichtet wurde, er sei im Dschungel an Fieber gestorben, und schließlich kamen zwei Händler an die Küste, die behaupteten, seine Leiche gesehen zu haben. Dies wurde von allen als schlüssig akzeptiert, und der junge Arthur wurde offiziell als Erbe des Millionenvermögens von Edam Chetney anerkannt.«

»Aufgrund dieser Situation begann er sofort, sich große Summen bei Geldverleihern zu borgen. Das ist von großer Bedeutung, denn die Polizei glaubt, dass es diese Schulden waren, die ihn zum Mord an seinem Bruder getrieben haben. Sie wissen, dass der Earl of Chetney gestern plötzlich aus dem Grab zurückgekehrt ist. Die Tatsache, dass man ihn zwei Jahre lang für tot gehalten hatte, verlieh seiner Rückkehr eine solche Bedeutung, dass in allen Nachmittagszeitungen ausführliche Kolumnen über ihn erschienen. Offensichtlich hatte er während seiner Abwesenheit noch nicht genug von der Prinzessin Zichy, denn wir wissen, dass er sie wenige Stunden nach seiner Ankunft in London besuchte.«

»Sein Bruder Arthur, der ebenfalls aus der Zeitung von seinem Wiederauftauchen erfahren hatte, ahnte wohl, welches Haus er zuerst aufsuchen würde, und folgte ihm dorthin, wo er, wie der russische Diener berichtete, ankam, während die beiden im Salon Kaffee tranken. Die Prinzessin ging dann, wie wir ebenfalls von dem Diener erfahren haben, wieder ins Esszimmer und ließ die Brüder zusammen zurück. Was dann geschah, kann man nur vermuten.«

»Lord Arthur Chetney war sich jetzt bewusst, dass sich die Geldverleiher auf ihn stürzen werden, wenn bekannt würde, dass er nicht mehr der Erbe war. Die Polizei glaubt, dass er sich sofort an seinen Bruder wandte, um ihn um Geld zur Deckung seiner Schulden zu bitten, aber der Earl of Chetney weigerte sich, ihm das Geld zu geben, da es sich um mehrere hunderttausend Pfund handelte.«

»Niemand wusste davon, dass Arthur aus dem Haus gegangen war, um seinen Bruder aufzusuchen. Sie waren allein. Es ist also möglich, dass der junge Arthur in einem Anfall von Enttäuschung und angesichts der Schande, die er vor sich sah, sich selbst zum unbestrittenen Erben machen wollte.«

»Der Tod seines Bruders allein hätte ihm jedoch nichts genutzt, wenn die Frau am Leben geblieben wäre. Es ist daher möglich, dass er durch den Flur ging und die einzige Zeugin des Mordes mit derselben Waffe tötete, die ihn zum Erben von Lord Edam machte.«

»Die einzige andere Person, die etwas bemerkt haben könnte, schlief im Rausch und verdankt diesem Umstand zweifellos ihr Leben. Und doch«, schloss der Marineattaché, der sich vorbeugte und jedes Wort mit dem Finger unterstrich, »hatte Lord Arthur verhängnisvolle Fehler begangen. In seiner Eile hatte er die Haustür offengelassen, sodass der erste Passant hereinkommen konnte, und er hatte auch noch vergessen, dass er dem Diener seine Karte gegeben hatte, als er das Haus betrat. Dieses kleine Stück Karton könnte ihn an den Galgen bringen.«

»Inzwischen ist er spurlos verschwunden, und irgendwo in einer der vielen Straßen dieser großen Hauptstadt, in einem verschlossenen und verlassenen Haus, liegen die Leichen seines Bruders und der Frau, die sein Bruder liebte, unentdeckt, unbestattet und ungerächt.«

Der Gentleman mit der Perle beteiligte sich nicht an der Diskussion, die am Ende der Geschichte des Marineattachés folgte. Stattdessen erhob er sich, winkte einen Diener in eine entfernte Ecke des Zimmers und flüsterte ihm eindringlich zu, bis eine plötzliche Bewegung von Sir Andrew ihn dazu veranlasste, eilig an den Tisch zurückzukehren.

»Es gibt einige Punkte in der Geschichte von Mr. Sears, die ich gerne erklärt haben möchte«, rief er.

»Bitte setzen Sie sich, Sir Andrew. Lassen Sie uns ihre Meinung als Experten hören. Die Polizei interessiert mich nicht, ich will wissen, was Sie denken.«

Sir Andrew erhob sich widerstrebend von seinem Stuhl.

»Ich würde nichts lieber tun, als darüber zu diskutieren«, sagte er. »Aber es ist sehr wichtig, dass ich zum Parlament gehe. Ich hätte schon längst dort sein sollen.«

Der Baronet wandte sich an den Diener und wies ihn an, eine Kutsche zu rufen.

Dann sah der Gentleman mit der schwarzen Perle den Marineattaché einladend an. »Es gibt sicher viele Details, die Sie uns nicht erzählt haben«, drängte er. »Einige haben Sie vergessen.«

Der Baronet unterbrach ihn rasch.

»Das hoffe ich nicht«, sagte er, »denn ich kann unmöglich bleiben, um sie mir anzuhören.«

»Die Geschichte ist zu Ende«, erklärte der Marineattaché, »und solange Lord Arthur nicht verhaftet wurde oder man die Leichen nicht gefunden hat, gibt es nichts mehr zu berichten, weder über die beiden Chetneys, noch über die Prinzessin Zichy.«

»Vielleicht nicht über den Earl of Chetney«, unterbrach ihn ein anderer Gentleman. Es war der sportliche Herr mit der schwarzen Krawatte, »aber über die Prinzessin Zichy wird es immer etwas zu erzählen geben. Ich kenne genug Geschichten über sie, um ein ganzes Buch zu füllen. Sie war eine höchst bemerkenswerte Frau.«

Er ließ das Ende seiner Zigarre in seine Kaffeetasse fallen, zog ein Etui aus der Tasche und holte eine neue heraus. Dabei lachte er und hielt das Etui hoch, damit die anderen es sehen konnten, ein gewöhnliches Zigarrenetui aus abgenutztem Schweinsleder mit einer silbernen Schließe.

»Beim einzigen Mal, als ich ihr begegnet bin«, sagte er, »hat sie versucht, mir *das* zu stehlen.«

Der Baronet betrachtete ihn genau. »Sie hat versucht, Sie zu bestehlen?«, wiederholte er erstaunt.

»Ja, sie hat versucht, mir das hier zu stehlen«, fuhr der Herr mit der schwarzen Krawatte fort, »und auch die Diamanten der Zarin.« Sein Ton war eine Mischung aus Bewunderung und Verletztsein.

»Die Diamanten der Zarin!«, rief der Baronet.

Er warf einen schnellen, misstrauischen Blick auf den Redner, dann auf die anderen am Tisch, aber deren Gesichter verrieten nichts als gewöhnliches Interesse.

»Ja, die Diamanten der Zarin«, wiederholte der Mann mit der schwarzen Krawatte. »Es war ein Collier mit Diamanten. Ich hatte den Auftrag bekommen, es dem russischen Botschafter in Paris zu bringen, der es in Moskau übergeben sollte.«

»Ich bin ein Bote der Königin«, fügte er hinzu.

»Oh, ich verstehe«, rief Sir Andrew erleichtert aus. »Und Sie sagen, dass dieselbe Prinzessin Zichy, eines der Opfer dieses Doppelmordes, versucht hat, Ihnen dieses – dieses – Zigarrenetui zu stehlen?«

»Und damit auch die Diamanten der Zarin«, antwortete der Bote der Königin unerschütterlich. »Es ist keine große Geschichte, aber sie gibt einen Eindruck vom Charakter dieser Frau.«

»Der Diebstahl wurde zwischen Paris und Marseille versucht«, fuhr er fort.

Der Baronet unterbrach ihn mit einer abrupten Bewegung. »Nein, nein«, rief er und schüttelte protestierend den Kopf. »Führen Sie mich nicht in Versuchung. Ich kann wirklich nicht zuhören. Ich muss in zehn Minuten im Parlament sein.«

»Es tut mir leid«, sagte der Bote der Königin. Er wandte sich an anderen Anwesenden und fragte zögernd: »Vielleicht möchten die anderen Herren ... «

Ein höfliches Gemurmel ertönte. Der Bote der Königin neigte sein Haupt als Zeichen der Bestätigung und nahm einen vorsorglichen Schluck aus seinem Glas. Im selben Augenblick drückte der Diener dem Mann mit der schwarzen Perle am Kragenknopf, mit dem dieser zuvor gesprochen hatte, ein Stück Papier in die Hand. Er sah es sich kurz an, runzelte die Stirn und warf es unter den Tisch.

Dann verbeugte sich der Diener vor dem Baronet.

»Ihre Kutsche wartet auf Sie, Sir Andrew«, sagte er.

»Das Collier war zwanzigtausend Pfund wert«, begann der Bote der Königin. »Es war ein Geschenk der Königin von England zur Feier ... «

Der Baronet gab einen Ausruf der Verärgerung von sich. »Ich schwöre, das ist höchst unangenehm«, unterbrach er ihn. »Ich sollte wirklich nicht bleiben, aber ich will das unbedingt hören.«

Gereizt wandte er sich dem Diener zu. »Sagen Sie dem Kutscher, er soll warten«, befahl er und rutschte, mit der Miene eines Jungen, der die Schule schwänzt, schuldbewusst auf seinem Stuhl herum.

Der Herr mit der schwarzen Perle lächelte unschuldig und klopfte auf den Tisch.

»Ruhe, meine Herren«, sagte er. »Ruhe für die Geschichte vom Boten der Königin und den Diamanten der Zarin.«

**Die Prinzessin Zichy**

# Kapitel II

»Das Collier war ein Geschenk der Königin von England an die Zarin von Russland«, begann der Bote der Königin, »und es war zur Feier der Krönung des Zaren bestimmt. Unser Außenministerium wusste, dass der russische Botschafter in Paris zu dieser Zeremonie nach Moskau reisen würde, und ich erhielt den Auftrag, nach Paris zu reisen, um ihm die Kette zu übergeben. Als ich jedoch in Paris ankam, musste ich feststellen, dass er mich erst eine Woche später erwartete und gerade ein paar Tage Urlaub in Nizza machte.«

»Seine Leute baten mich, das Collier bei ihnen in der Botschaft zu lassen, aber ich hatte die Anweisung, dass mir der Botschafter persönlich eine Quittung dafür ausstellen sollte, und so machte ich mich sofort auf den Weg nach Nizza. Auch die Tatsache, dass Monte Carlo so nahe bei Nizza liegt, mag ein Grund gewesen sein, meine Anweisungen so penibel zu befolgen.«

»Nun, ich weiß nicht, wie die Prinzessin Zichy von dem Collier erfahren hat«, fuhr er fort, »aber ich kann es mir denken. Wie Sie gerade gehört haben, war sie früher eine Spionin im Dienste der russischen Regierung, und nachdem diese sie entlassen hatte, hielt sie ihre Verbindungen mit vielen russischen Agenten in London aufrecht. Wahrscheinlich erfuhr sie von einem von ihnen, dass das Collier nach Moskau geschickt werden sollte und welcher Bote der Königin den Auftrag hatte, es dorthin zu bringen. Ich bezweifle jedoch, dass selbst dieses Wissen ihr geholfen hätte, wenn sie nicht auch etwas gewusst hätte, was, wie ich annahm, außer mir keinem anderen Mann auf der Welt bekannt war; und merkwürdigerweise war der andere Mann auch ein Bote der Königin und ein Freund von mir. Sie müssen wissen, dass ich bis zu diesem Raub meine Depeschen immer auf eine mir eigene Art und Weise versteckt hatte. Die Idee dazu hatte ich aus dem Theaterstück 'A Scrap of Paper' ['Ein Stück Papier' von Victorien Sardou aus dem Jahr 1860]. Darin versucht ein Mann, ein kompromittierendes Dokument zu verstecken. Er weiß, dass alle seine Zimmer heimlich danach durchsucht werden, also steckt er es in einen zerrissenen Umschlag und legt ihn für jedermann sichtbar auf den Kaminsims, mit dem Ergebnis, dass die Frau, die das Haus durchwühlt, um das Dokument zu finden, an allen möglichen und unmöglichen Stellen sucht, aber das Stück Papier, das direkt vor ihrer Nase liegt, übersieht.«

»Manchmal sind die Papiere und Pakete, die sie uns anvertrauen, um sie quer durch Europa zu befördern, von großem Wert, und manchmal handelt es sich lediglich um besondere Zigarettenmarken und Bestellungen bei den Hofschneidern. Manchmal wissen wir, was wir transportieren, manchmal nicht. Wenn es um viel Geld oder einen Vertrag geht, sagen sie es uns normalerweise, aber meistens wissen wir nicht, was in dem Paket ist. Um sicherzugehen, passen wir natürlich genauso gut darauf auf, als wüssten wir, dass es sich um ein Ultimatum oder die Kronjuwelen handelt.«

»Gewöhnlich tragen meine Kollegen die offiziellen Sendungen in einer Depeschenkassette, die so leicht zu erkennen ist, wie die Schmuckschatulle einer Dame in den Händen ihrer Zofe; jeder weiß, dass sich etwas Wertvolles darin befindet, sie begünstigen geradezu die Unehrlichkeit. Nachdem ich das Stück 'Scrap of Paper' gesehen hatte, beschloss ich, die Wertsachen der Regierung an den unwahrscheinlichsten Orten zu verstecken, wo niemand danach suchen würde. So versteckte ich die Dokumente, die sie mir gaben, in meinen Reitstiefeln, und kleinere Gegenstände, wie Geld oder Schmuck, trug ich in einem alten Zigarrenetui bei mir.«

»Ich hatte mich daran gewöhnt, mein Etui für diesen Zweck zu benutzen, und kaufte mir ein neues für meine Zigarren, das genauso aussah wie das alte. Um Verwechslungen zu vermeiden, ließ ich meine Initialen auf beiden Seiten des neuen Etuis anbringen, und sobald ich es berührte, konnte ich selbst im Dunkeln an den erhabenen Initialen erkennen, um welches Etui es sich handelte. Niemand wusste davon, außer dem Boten der Königin, von dem ich sprach. Wir reisten einmal gemeinsam mit dem Orient-Express von Paris ab; ich fuhr nach Konstantinopel, und er sollte in Wien aussteigen. Während der Fahrt erzählte ich ihm von meiner besonderen Art, Dinge zu verstecken, und zeigte ihm mein altes Zigarrenetui. Wenn ich mich recht erinnere, befand sich auf dieser Reise darin das große

Kreuz von St. Michael und St. Georg, das die Königin unserem Botschafter überreichen wollte.«

»Der Bote war sehr amüsiert über meine Handhabung, und als er einige Monate später die Prinzessin traf, erzählte er ihr davon als amüsante Geschichte. Er hatte natürlich keine Ahnung, dass sie eine russische Spionin war. Er wusste überhaupt nichts über sie, außer dass sie sehr gut aussah. Ja, das war sehr indiskret, aber er konnte ja nicht ahnen, dass sie das, was er ihr erzählte, eines Tages ausnutzen würde. Später, nach dem Überfall, erinnerte ich mich daran, dass ich diesem jungen Mann von meinem geheimen Versteck erzählt hatte, und als ich ihn wiedersah, stellte ich ihn zur Rede. Er war sehr betrübt und sagte, dass er die Bedeutung des Geheimnisses nie so richtig wahrgenommen habe. Er erinnerte sich, dass er mehreren Leuten davon erzählt hatte, darunter auch Prinzessin Zichy. So fand ich heraus, dass sie es war, die mich bestohlen hatte, und ich weiß, dass sie mir seit meiner Abreise aus London gefolgt war und wusste, dass die Diamanten in meinem Zigarrenetui versteckt waren.«

»Mein Zug nach Nizza fuhr um zehn Uhr morgens in Paris ab. Wenn ich nachts reise, sage ich normalerweise dem *chef de gare* [Bahnhofsvorsteher], dass ich ein Gesandter der Königin bin, und er gibt mir ein Abteil für mich allein, aber tagsüber nehme ich alles, was sich mir bietet. An jenem Morgen hatte ich ein leeres Abteil gefunden, und ich hatte dem Schaffner ein Trinkgeld gegeben, um andere fernzuhalten, nicht aus Angst, die

Diamanten zu verlieren, sondern weil ich rauchen wollte. Als er die Tür geschlossen hatte und die letzte Glocke ertönte, nahm ich an, dass ich allein reisen würde. Ich richtete mich ein und machte es mir bequem.«

»Das Zigarrenetui mit den Diamanten befand sich in der Innentasche meiner Weste, und da es etwas zu dick war, nahm ich es heraus, um es in meine Umhängetasche zu stecken. Es ist eine kleine Tasche, wie die eines Buchmachers oder wie die der Kuriere; ich trage sie an einem Riemen über der Schulter, und egal, ob ich sitze oder gehe, halte ich sie immer bei mir.«

»Ich nahm also das Zigarrenetui mit dem Collier aus der Innentasche meiner Jacke und das neue Etui mit den Zigarren aus der Umhängetasche, und während ich darin nach einer Streichholzschachtel suchte, legte ich die beiden Etuis neben mich auf den Sitz. In diesem Moment setzte sich der Zug in Bewegung, aber gleich darauf rüttelte es am Schloss des Abteils, und ein paar Träger schoben eine Frau durch die Tür und warfen ihre Sachen hinterher.«

»Instinktiv griff ich nach den Diamanten. Rasch steckte ich sie in die Tasche, drückte sie ganz nach unten und klappte dann den Schnappverschluss fest zu. Die Zigarren steckte in meine Jackentasche, aber ich dachte, jetzt, wo ich eine Frau als Reisebegleiterin hatte, würde ich sie wohl nicht mehr genießen können.«

»Eines ihrer Gepäckstücke war mir vor die Füße gefallen, und eine Reisedecke war neben mir gelandet. Ich dachte, wenn ich mir die Tatsache nicht gleich ansehen lassen würde, dass die Dame nicht willkommen war und mich sofort um Höflichkeit bemühte, würde sie mir vielleicht erlauben, zu rauchen. Also hob ich ihre Handtasche vom Boden auf und fragte sie, wo ich sie hinstellen sollte. Dabei schaute ich sie mir zum ersten Mal richtig an und sah, dass sie eine bemerkenswert schöne Frau war. Sie lächelte charmant und sagte, ich sollte mich nicht stören lassen. Dann legte sie ihre eigenen Sachen um sich herum, öffnete ihre Kleidertasche und nahm ein goldenes Zigarettenetui heraus.«

»'Haben Sie etwas gegen das Rauchen?'«, fragte sie.

»Ich lachte und versicherte ihr, dass ich selbst große Angst davor hatte, dass sie etwas dagegen haben könnte.«

»'Wenn Sie Zigaretten mögen'«, sagte sie, 'möchten Sie diese probieren? Sie werden extra für meinen Mann in Russland gedreht und sollen sehr gut sein.'«

»Ich bedankte mich und nahm eine aus ihrem Etui, die mir so viel besser schmeckte als eine meiner eigenen, dass ich für den Rest der Reise nur ihre Zigaretten rauchte.«

»Ich muss sagen, dass wir uns sehr gut verstanden haben. An dem Krönchen auf ihrem Zigarettenetui und an ihrem Benehmen, das so eine so gute Erziehung erkennen ließ, wie ich sie nicht besser bei irgendeiner Frau erlebt habe, die ich je traf, konnte ich erkennen, dass es sich bei ihr um eine wichtige Person handeln musste.«

»Obwohl sie fast zu gut aussah, um respektabel zu sein, stellte ich fest, dass sie eine *Grande Dame* war und sich ihrer Stellung so sicher, dass sie es sich leisten konnte, unkonventionell zu sein.«

»Zuerst las sie in ihrem Roman, dann machte sie einige Bemerkungen über die Landschaft um uns herum, und schließlich kamen wir auf die aktuelle Politik auf dem Kontinent zu sprechen. Sie redete über die Städte Europas und schien alle zu kennen, die es zu kennen galt, aber sie erzählte nichts über sich selbst, außer dass sie häufig sagte 'als mein Mann in Wien stationiert war' oder 'als mein Mann nach Rom befördert wurde'. Dann sagte Sie auf einmal zu mir: 'Ich habe Sie oft in Monte Carlo gesehen. Ich war dabei, als Sie die Meisterschaft im Tontaubenschießen gewonnen haben.'«

»Ich sagte ihr, dass ich kein Tontaubenschütze sei, und sie zuckte ein wenig überrascht zusammen. 'Oh, ich bitte um Verzeihung', sagte sie, 'ich dachte, Sie wären Morton Hamilton, der englische Meister'.«

»In der Tat sehe ich Hamilton ähnlich, aber jetzt weiß ich, dass sie mich damit nur glauben machen wollte, dass sie keine Ahnung hätte, wer ich wirklich war. Sie hätte aber nichts in dieser Richtung tun müssen, denn ich hegte keinen Verdacht gegen sie und war nur zu froh, eine so charmante Begleiterin zu haben. Dennoch gab es da etwas, das mich hätte misstrauisch machen müssen. Bei jedem Halt benutzte sie irgendeine fadenscheinige Ausrede, um mich aus dem Abteil zu bekommen. Sie gab vor, dass ihr Dienstmädchen in einem Wagen der zweiten

Klasse hinter uns mitfährt, und sagte immer wieder, sie könne es nicht begreifen, warum die Frau nicht nach ihr sehen würde. Wenn sie beim nächsten Halt nicht auftauchte, wäre ich dann wohl so freundlich, auszusteigen und ihr etwas von zu holen, was sie angeblich braucht.«

»Ich hatte meinen Kleiderkoffer von der Ablage genommen, um einen Roman herauszuholen, und ihn auf den Sitz gegenüber von mir gelegt, am Ende des Abteils, das am weitesten von ihr entfernt war, und als ich einmal zurückkam, nachdem ich ihr eine Tasse Schokolade gekauft oder eine andere dumme Besorgung für sie gemacht hatte, fand ich sie an meinem Ende des Abteils stehen, beide Hände auf dem Kleiderkoffer.«

»Sie sah mich an, ohne mit der Wimper zu zucken, und schob den Koffer vorsichtig in eine Ecke. 'Er ist auf dem Boden gerutscht', sagte sie. 'Wenn Sie irgendwelche Flaschen darin haben, sollten Sie nachsehen, ob sie zerbrochen sind.'«

»Ich gebe Ihnen mein Wort, ich war wirklich so ein Idiot, dass ich den Koffer geöffnet und alles durchsucht habe. Sie muss mich für einen Trottel gehalten haben. Mir wird ganz heiß, wenn ich daran denke.«

»Aber trotz meiner Dummheit und ihrer Klugheit konnte sie nichts erreichen, denn das, was sie wollte, war in der Umhängetasche, und jedes Mal, wenn sie mich wegschickte, nahm ich die Tasche mit.«

»Nach dem Vorfall mit dem Kleiderkoffer änderte sich ihr Verhalten.«

»Entweder hatte sie in meiner Abwesenheit Zeit gehabt, den Koffer zu durchsuchen, oder sie hatte alles gesehen, was darin war, als ich ihn nach zerbrochenen Flaschen durchsuchte.«

»Jetzt musste sie sich sicher gewesen sein, dass sich das Zigarrenetui, von dem sie wusste, dass ich darin die Diamanten aufbewahrte, in der Tasche befand, die an meinem Körper hing, und von da an plante sie wahrscheinlich, wie sie es mir abnehmen könnte.«

»Ihre Erregung war ihr jetzt deutlich anzusehen. Sie gab ihre hochherrschaftliche Haltung auf und damit auch die charmante Herablassung. Sie hörte auf zu sprechen, und wenn ich etwas sagte, antwortete sie mir gereizt oder zusammenhanglos. Zweifellos war sie in Gedanken ganz mit ihrem Plan beschäftigt.«

»Schließlich kam das Ende unserer Reise rasch näher, und ihre Zeit zum Handeln wurde mit der Geschwindigkeit des Schnellzuges immer kürzer.«

»Sogar ich, arglos wie ich war, merkte, dass etwas in ihr vorging. Heute glaube ich wirklich, dass sie mir, noch bevor wir in Marseille angekommen wären, ein Messer in den Leib gerammt und mich raus auf die Gleise geworfen hätte, wenn ich ihr nicht durch meine eigene Dummheit die Chance gegeben hätte, die sie wollte.«

»Jedenfalls dachte ich in diesem Moment nur, dass sie die lange Reise und die anstrengende Fahrt wohl müde gemacht hatte, und fragte sie, ob ich ihr etwas von meinem Cognac anbieten dürfe.«

»Zuerst bedankte sie sich und sagte: 'Nein', aber dann leuchteten plötzlich ihre Augen auf, und sie rief: 'Ja, danke, wenn Sie so freundlich wären.'«

»Die Flasche war in meiner Umhängetasche. Ich legte sie auf meinen Schoß und löste mit dem Daumen den Verschluss. Da ich meine Fahrkarten und meinen Reiseführer in der Tasche aufbewahre, öffne ich sie öfters, sodass ich mir nie die Mühe machte, sie zu verschließen, und die Tatsache, dass sie fest an mir hängt, war immer ein ausreichender Schutz.«

»Ich kann mir jetzt vorstellen, was für eine Genugtuung, aber auch welche Qual es für diese Frau gewesen sein muss, als sie sah, dass sich die Tasche ohne Schlüssel öffnen ließ.«

»Während wir durch die Berge fuhren, hatte ich ziemlich gefroren, weil ich nur eine leichte Sportjacke anhatte, aber nachdem die Lampen angezündet worden waren, wurde es im Abteil sehr heiß und stickig, und ich hatte es als sehr unangenehm empfunden.«

»Ich bin aufgestanden, habe mir den Riemen der Tasche über den Kopf gezogen, sie sie auf den Sitz neben mir gelegt und die Jacke ausgezogen.«

»Später habe ich mir trotzdem keine Vorwürfe wegen meiner Unvorsichtigkeit gemacht. Die Tasche war immer noch in Reichweite meiner Hand, und es wäre nichts passiert, wenn der Zug nicht gerade in diesem Moment in Arles angehalten hätte.«

»Die Kombination aus dem Herunternehmen der Tasche und dem gleichzeitigen Einfahren in den Bahnhof gab der Prinzessin Zichy die Gelegenheit, die sie wollte, um mich zu berauben. Ich brauche wohl nicht zu erwähnen, dass sie klug genug war, sie zu ergreifen.«

»Der Zug fuhr mit voller Geschwindigkeit in den Bahnhof ein und kam abrupt zum Stehen. Ich hatte gerade meine Jacke in die Ablage geworfen, die Hand nach der Tasche ausgestreckt, und im nächsten Moment hätte ich mir den Riemen um die Schulter gelegt, doch da riss die Prinzessin die Tür des Abteils auf und winkte wie wild den Leuten auf dem Bahnsteig zu. 'Natalie!', rief sie, 'Natalie, hier bin ich. Komm her! Hierher!' Ganz aufgeregt drehte sie sich zu mir um. 'Mein Dienstmädchen!', rief sie, 'sie sucht nach mir. Sie ist am Fenster vorbeigegangen, ohne mich zu sehen. Gehen Sie, bitte, und bringen Sie sie zurück.' Sie deutete weiter zur Tür hinaus und winkte mir mit der anderen Hand. Der Tonfall dieser Frau hatte etwas, das einen erschauern ließ. Wenn sie Befehle gab, konnte man an nichts anderes mehr denken.«

»Ich eilte also hinaus, in meinem Irrglauben zu helfen, kam dann aber sofort wieder zurück, um zu fragen, wie das Dienstmädchen aussehe.«

»'Ganz in Schwarz gekleidet', antwortete sie, stand auf und versperrte die Tür des Abteils. Ganz in Schwarz, mit einer Haube!'«

»Der Zug hatte drei Minuten in Arles gewartet. In dieser Zeit muss ich wohl auf über zwanzig Frauen zugestürmt sein und gefragt haben: 'Sind Sie Natalie?'«

»Sie müssen mich für verrückt gehalten haben, was wohl der einzige Grund war, warum ich nicht mit einem Regenschirm geschlagen oder der Polizei übergeben wurde.«

**Prinzessin Zichy ergreift die Gelegenheit**

»Als ich ins Abteil zurücksprang, saß die Prinzessin immer noch dort, wo ich sie zurückgelassen hatte, und ihre Augen leuchteten vor Glück.«

»Fast zärtlich legte sie mir die Hand auf den Arm und sagte aufgeregt: 'Sie sind sehr nett zu mir, es tut mir so leid, dass ich Sie belästigt habe.'«

»Ich hingegen zeigte mich verärgert darüber, dass alle Frauen auf dem Bahnsteig schwarz gekleidet waren, worauf sie mir lachend entgegnete: "Es tut mir wirklich sehr leid." Sie lachte weiter, bis sie so schnell zu atmen begann, dass ich dachte, sie würde ohnmächtig werden.«

»Ich kann mir jetzt vorstellen, dass der letzte Teil der Reise, der noch eine halbe Stunde gedauert hat, schrecklich für sie gewesen sein muss. Sie hatte das Zigarrenetui in Sicherheit gebracht, wusste aber auch, dass sie selbst nicht sicher war.«

»Es war ihr klar, wenn ich meine Tasche, selbst in letzter Minute, öffnen und das Etui vermissen würde, könnte ich mit Bestimmtheit davon ausgehen, dass sie es genommen hatte, denn ich hatte die Diamanten genau in dem Moment in die Tasche gesteckt, als sie das Abteil betrat. Niemand außer uns beiden hatte sich darin aufgehalten. Sie wusste, dass sie bei unserer Ankunft in Marseille entweder um zwanzigtausend Pfund reicher sein würde als bei ihrer Abreise aus Paris oder dass sie ins Gefängnis käme.«

»So muss sie die Situation erkannt haben, und ich beneide sie nicht um ihren Gemütszustand in diesen letzten dreißig Minuten. Es muss die Hölle für sie gewesen sein. Ich merkte, dass etwas nicht stimmte, und in meiner Einfältigkeit fragte ich mich, ob mein Cognac vielleicht etwas zu stark gewesen war. Urplötzlich hatte sie sich in eine brillante Gesprächspartnerin verwandelt. Sie klatschte in die Hände und lachte über alles, was ich sagte.«

**Sie wusste, dass sie um zwanzigtausend Pfund reicher sein würde**

»Wie ein Maschinengewehr feuerte sie Fragen auf mich ab, sodass ich keine Zeit hatte, an etwas anderes zu denken. Jedes Mal, wenn ich mich bewegte, hörte sie auf zu plappern, beugte sich zu mir herunter und sah mich eine Katze vor dem Mauseloch an. Ich fragte mich, wie ich sie für eine angenehme Reisebegleiterin hatte halten können und dachte, ich wäre lieber mit einer Verrückten eingesperrt gewesen. Ich möchte mir gar nicht ausmalen, wie sie reagiert hätte, wenn ich einen Schritt gemacht hätte, um die Tasche zu untersuchen. Da ich sie mir jedoch wieder sicher umgeschnallt hatte, öffnete ich sie nicht und kam lebend in Marseille an.«

»Als wir in den Bahnhof einfuhren, schüttelte sie mir die Hand und sah mich an wie eine Grinsekatze. 'Ich kann Ihnen gar nicht sagen', bemerkte sie, 'wie sehr ich Ihnen zu danken habe!'«

»Was halten sie von dieser Frechheit, meine Herren?«

»Ich bot ihr an, sie in eine Kutsche zu setzen, aber sie sagte, sie müsse Natalie suchen, und hoffe, wir würden uns im Hotel wiedersehen. Ich fuhr also allein los und dachte über sie nach und auch darüber, ob Natalie nicht in Wirklichkeit ihre Wärterin war, die sie begleitet hatte.«

»Ich musste anschließend mehrere Stunden auf den Zug nach Nizza warten, und da ich in der Zwischenzeit durch die Stadt bummeln wollte, hielt ich es für besser, die Diamanten im Hotelsafe zu deponieren.«

»Sobald ich in mein Zimmer betrat, schloss ich die Tür ab, stellte die Umhängetasche auf den Tisch und öffnete sie. Ich tastete zwischen den Sachen umher, konnte das Zigarrenetui aber nicht finden. Ich griff tiefer hinein und wühlte herum, aber ich bekam es immer noch nicht zu fassen.«

»Ein kalter Schauer lief mir über den Rücken, und ich fühlte eine Art Leere in der Magengrube. Dann wurde mir glühend heiß, und der Schweiß brach mir am ganzen Körper aus. Ich befeuchtete meine Lippen mit der Zunge und sagte zu mir: 'Sei kein Narr. Reiß dich zusammen, reiß dich zusammen. Nimm alles raus, eins nach dem anderen. Es ist da, natürlich ist es da. Sei kein Narr.'«

»Ich beruhigte mich erst einmal, holte die Sachen vorsichtig nacheinander heraus, aber bald hielt ich es nicht mehr aus. Ich stürzte durchs Zimmer und warf alles aufs Bett, doch die Diamanten waren nicht darunter.«

**Ich warf alles aufs Bett**

»Ich zerrte an den Sachen herum und verstreute sie, schob sie durcheinander und sortierte sie neu, aber es war sinnlos. Das Zigarrenetui war verschwunden.«

»Dann warf ich alles, was sich in dem Koffer befand, auf den Boden, obwohl ich wusste, dass es sinnlos war, es dort zu suchen. Ich wusste, dass ich es in die Umhängetasche gesteckt hatte.«

**Ich warf alles im Koffer auf den Boden**

»Ich setzte mich hin und versuchte, nachzudenken. Ich wusste, dass ich es in Paris in die Tasche gesteckt hatte, als diese Frau ins Abteil kam. Seitdem war ich mit ihr allein gewesen.«

»Also hatte sie mich bestohlen. Aber wie?«

»Die Tasche hatte meine Schulter nie verlassen, und dann fiel mir ein, dass ich sie abgenommen hatte, als ich meine Jacke auszog und für sie die wenigen Momente zurückgelassen hatte, in denen ich nach Natalie suchte.«

»Ich erinnerte mich auch daran, dass diese Frau mich auf diese Verfolgungsjagd geschickt und später an jeder anderen Station versucht hatte, mich für die eine oder andere dumme Besorgung loszuwerden.«

»Ich brüllte los wie ein verrückt gewordener Stier, sprang die Treppe hinunter – sechs Stufen auf einmal – und erkundigte mich im Büro, ob vor Kurzem eine vornehme Dame mit Titel, möglicherweise eine Russin, das Hotel betreten habe. Wie ich erwartet hatte, war dies nicht der Fall.«

»Ich sprang in eine Kutsche, fragte in zwei anderen Hotels nach, und sah dann ein, wie töricht es war, sie ohne fremde Hilfe erwischen zu wollen. Also befahl ich dem Kutscher, zum Büro des Polizeichefs zu eilen.«

»Als ich dort ankam, erzählte ich der Polizei meine Geschichte. Der diensthabende Trottel sagte mir, ich solle mich beruhigen und wollte sich Notizen machen. Ich sagte ihm, dass dies nicht der Zeitpunkt sei, um Notizen zu machen, sondern um etwas zu tun, woraufhin er sehr wütend wurde.«

»Ich verlangte, umgehend zu seinem Chef gebracht zu werden. Der Chef, sagte er, sei sehr beschäftigt und könne mich nicht empfangen. Ich zeigte ihm sofort meinen 'silbernen Windhund' [ein Abzeichen, das den Träger als Kurier des Königs/der Königin ausweist], von dem ich in elf Jahren nur ein einziges Mal Gebrauch gemacht hatte, und machte ihm in ziemlich energischen Worten klar, dass ich ein Bote der Königin sei und der Polizeichef seinen offiziellen Rang verlieren würde, wenn er mich nicht sofort empfängt.«

»Daraufhin sprang der Kerl von seinem hohen Ross und rannte mit mir zu seinem Chef. Dieser erwies sich als smarter junger Bursche, Oberst in der Armee und sehr intelligent.«

»Ich erklärte ihm, dass mir in einem französischen Eisenbahnwaggon ein Diamantencollier gestohlen wurde, das der Königin von England gehört und das sie ihrer Majestät der Zarin von Russland als Geschenk schicken wollte. Es würde seiner zukünftigen Karriere sehr zuträglich sein, sagte ich, wenn es ihm gelänge, den Dieb zu fassen. Dann sei ihm auch die Dankbarkeit dreier Großmächte sicher.«

»Er war nicht der Typ, der zweimal nachdachte. Vor seinen Augen sah er bereits russische und französische Orden auf seiner Brust sprießen. Er schlug auf eine Glocke, drückte auf Knöpfe und brüllte Befehle heraus, wie der Kapitän eines Hochseedampfers im Nebel. Er schickte ihre Beschreibung an alle Stadttore und befahl den Droschkenkutschern und Eisenbahnträgern, in sämtlichen Zügen Ausschau zu halten, die Marseille verließen. Er ordnete weiterhin an, alle Passagiere der auslaufenden Schiffe zu überprüfen, und forderte die Besitzer aller Hotels und Pensionen per Telegramm auf, ihm innerhalb einer Stunde eine vollständige Liste ihrer Gäste zu schicken.«

»Während ich dort stand, muss er mindestens hundert Befehle erteilt und genügend Commissaires, Sergeants de ville, Gendarmen, Fahrradpolizisten und Agenten in Zivil ausgesandt haben, die die gesamte deutsche Armee hätten gefangen nehmen können.«

»Als sie weg waren, versicherte er mir, dass die Frau bereits so gut wie verhaftet sei. Es musste so sein, denn sie hatte ebenso wenig eine Chance, aus Marseille zu entkommen, wie aus dem Chateau d'If [eine Festung und ein ehemaliges Sicherheitsgefängnis auf der Île d'If, zirka eine Seemeile vor der Küste von Marseille entfernt].«

»Dann sagte er, ich solle in mein Hotel zurückkehren und mich beruhigen. Innerhalb einer Stunde, so versicherte er mir, würde er mich über ihre Verhaftung informieren.«

»Ich dankte ihm, lobte seine Energie und verließ ihn, aber ich teilte seine Zuversicht nicht. Ich hielt sie für eine sehr kluge Frau, die es mit jedem von uns aufnehmen konnte. Aus seiner Sicht war Freude angebracht. Er hatte die Diamanten nicht verloren und konnte alles gewinnen, wenn er sie wiederfand, während ich, selbst wenn er das Collier wiederbekäme, nur da wäre, wo ich schon war, bevor ich es verlor. Wenn er es aber nicht wiederbekäme, wäre ich ein ruinierter Mann.«

»Das war ein schrecklicher Schlag für mich. Ich war immer stolz auf das, was ich erreicht hatte. In elf Jahren hatte ich nie eine Sendung verloren oder den ersten Zug verpasst. Und nun hatte ich, bei der wichtigsten Aufgabe, die mir je anvertraut worden war, versagt. Es war auch nichts, was man totschweigen konnte. Es war zu auffällig, zu spektakulär, und es würde natürlich die größte Aufmerksamkeit erlangen. Ich sah mich auf dem ganzen Kontinent lächerlich gemacht. Vielleicht würde ich entlassen, ja sogar verdächtigt, das Collier selbst gestohlen zu haben.«

»Später ging ich an einem beleuchteten Café vorbei und fühlte mich so krank und elend, dass ich stehen blieb, um einen Muntermacher zu trinken. Dann überlegte ich mir, dass ich, wenn ich in meinem jetzigen Zustand etwas trinke, wahrscheinlich nicht unter zwanzig Gläsern aufhören würde.«

»Ich beschloss, es sein zu lassen, aber meine Nerven sprangen wie ein verängstigtes Kaninchen umher, und ich spürte, dass ich etwas brauchte, um sie zu beruhigen, sonst würde ich verrückt werden.«

„Später ging ich an einem beleuchteten Café vorbei und fühlte mich so krank und elend, dass ich stehen blieb, um einen Muntermacher zu trinken. Dann überlegte ich, dass ich, wenn ich in meinem jetzigen Zustand etwas trinke, wahrscheinlich nicht unter zwanzig Gläsern aufhören würde.

Ich beschloss, es sein zu lassen, aber meine Nerven sprangen wie ein verängstigtes Kaninchen umher. Ich spürte, dass ich etwas brauchte, um sie zu beruhigen, sonst würde ich verrückt werden.

»Ich griff nach meinem Zigarettenetui, aber eine Zigarette schien mir kaum auszureichen, also steckte ich es wieder zurück und nahm das Zigarrenetui heraus, in dem ich nur die stärksten und schwärzesten Zigarren aufbewahre. Ich öffnete es und steckte meine Finger hinein, doch statt einer Zigarre berührten sie eine dünne Lederhülle. Mein Herz stand still. Ich wagte nicht, hinzusehen, aber ich grub meine Fingernägel in das Leder und fühlte Schichten von dünnem Papier, dann eine Schicht Baumwolle, und dann kratzten meine Fingernägel an den geschliffenen der Diamanten der Zarin!«

»Ich stolperte, als hätte mich jemand ins Gesicht geschlagen, und fiel auf einen der Stühle, die auf dem Bürgersteig standen. Ich riss die Verpackung auf und breitete die Diamanten auf dem Tisch des Cafés aus. Ich konnte nicht glauben, dass sie echt waren.«

»Ich drehte die Kette zwischen meinen Fingern, drückte sie zwischen meinen Handflächen und warf sie in die Luft. Ich glaube, ich hätte sie beinahe geküsst.«

»Die Frauen im Café stellten sich auf die Stühle, um besser sehen zu können. Sie lachten und schrien, und die Leute drängten sich so dicht um mich, dass die Kellner eine Leibwache bilden mussten. Der Wirt dachte, es gäbe eine Schlägerei, und rief die Polizei. Ich war so glücklich, dass es mir egal war. Ich lachte mit, gab dem Wirt einen Fünf-Pfund-Schein und sagte ihm, er solle jedem einen Drink spendieren. Dann sprang ich in eine Kutsche und galoppierte zu meinem Freund, dem Polizeichef. Er tat mir sehr leid. Er hatte sich so sehr über die Chance gefreut, die ich ihm gegeben hatte, und er war sicher enttäuscht gewesen, als er erfahren hatte, dass ich ihn wegen eines falschen Alarms losgeschickt hatte. Doch jetzt, wo ich die Halskette wiedergefunden hatte, wollte ich auch nicht, dass er weiter nach der Frau sucht. In der Tat war ich sehr daran interessiert, dass sie sich aus dem Staub machen konnte, denn wenn sie erwischt würde, käme die Wahrheit ans Licht. Ich bekäme wahrscheinlich einen strengen Verweis und würde sicher ausgelacht werden.«

»Mir wurde nun klar, wie es passiert war. In meiner Eile, die Diamanten zu verstecken, als die Frau in das Abteil gedrängt wurde, hatte ich das neue Zigarrenetui in die Umhängetasche gesteckt und das mit dem Diamantenhalsband in die Tasche meiner Jacke. Jetzt, da ich sie wieder in Sicherheit hatte, schien mir das wie ein verständlicher Fehler, aber ich bezweifelte, dass das Auswärtige Amt genauso denken würde. Ich befürchtete, dass es die schöne Einfachheit meines Geheimverstecks nicht zu schätzen wissen würde. Folglich war ich sehr erleichtert, auf der Polizeiwache feststellen zu können, dass die Frau immer noch auf freiem Fuß war.«

»Wie zu erwarten, war der Chef sehr betrübt, als er von meinem Fehler erfuhr und nichts mehr zu tun hatte. Ich selbst fühlte mich aber so glücklich, dass ich es hasste, andere unglücklich zu sehen, und so deutete ich an, dass dieser Versuch, die Halskette der Zarin zu stehlen, nur der Anfang einer Reihe weiterer Versuche durch eine skrupellose Bande sein könnte, und dass ich wohl immer noch in Gefahr war. Ich zwinkerte dem Chef zu, und der lächelte mich an. Zusammen fuhren wir danach in einem Salonwagen nach Nizza, begleitet von einer Wache aus zwölf Karabiniers und zwölf Männern in Zivil, und der Chef und ich tranken während der Fahrt Champagner.«

»Danach marschierten wir gemeinsam zu dem Hotel, in dem der russische Botschafter übernachtete. Dicht umringt von unserer Karabinierseskorte überreichten wir ihm das Collier in größter Zeremonie. Der alte Botschafter war sehr beeindruckt, und als wir andeuteten, dass ich bereits Opfer eines Überfalls von Räubern geworden war, versicherte er uns, dass sich Seine Kaiserliche Majestät nicht undankbar zeigen werde.«

»Ich schrieb einen schwungvollen persönlichen Brief an den französischen Außenminister über die unschätzbaren Dienste des Chefs, und sie gaben ihm genug russische und französische Orden, um selbst einen französischen Soldaten zufriedenzustellen. Obwohl er die Frau nie erwischt hat, erhielt er dennoch seinen gerechten Lohn.«

Der Bote der Königin hielt inne und blickte verlegen in die Gesichter der Männer um ihn herum.

»Aber das Schlimmste ist«, fügte er hinzu, »dass sich die Geschichte herumgesprochen haben muss, denn während die Prinzessin von mir nichts anderes als ein Zigarrenetui und fünf ausgezeichnete Zigarren in die Hände bekam, schickte mir der Zar einige Wochen nach der Krönung ein goldenes Zigarrenetui mit seinem in Diamanten eingefassten Monogramm. Ich weiß bis heute nicht, ob das nur ein Zufall war oder ob der Zar mir signalisieren wollte, dass er wusste, dass ich die Diamanten der Zarin in meinem Zigarrenetui aus Schweinsleder bei mir trug. Was meinen die Herren dazu?«

## Kapitel III

Sir Andrew erhob sich, wobei ihm seine Missbilligung deutlich im Gesicht geschrieben stand.

»Ich dachte, Ihre Geschichte hätte etwas mit dem Mord zu tun«, sagte er. »Hätte ich geahnt, dass es gar nicht darum geht, wäre ich nicht geblieben.« Er schob seinen Stuhl zurück und verbeugte sich steif. »Ich wünsche Ihnen eine gute Nacht.«

Es ertönte ein Chor von Einwänden, und während der dadurch verursachten Ablenkung und der protestierenden Antworten des Baronets, drückte ein Diener dem Herrn mit der Perle zum zweiten Mal ein Stück Papier in die Hand. Er las die darauf geschriebenen Zeilen und zerriss die Nachricht in winzige Fragmente.

Das jüngste Mitglied, das dem Bericht des Boten der Königin interessiert, aber schweigend gelauscht hatte, hob gebieterisch die Hand.

»Sir Andrew«, rief er, »um Lord Arthur Chetney gerecht zu werden, muss ich Sie bitten, sich zu setzen. Er wurde in unserem Treffen eines schweren Verbrechens beschuldigt, und ich bestehe darauf, dass Sie sitzen bleiben, bis Sie mich angehört haben, damit ich seinen Charakter reinwaschen kann.«

»Was, Sie!«, rief der Baronet.

»Ja ich«, kam umgehend die Antwort des jungen Mannes. »Ich hätte schon früher gesprochen«, erklärte er und neigte den Kopf in Richtung des königlichen Boten, »aber ich dachte, dieser Gentleman würde noch einige Fakten beisteuern, die mir nicht bekannt sind, doch er hat uns diesbezüglich nichts gesagt, und so werde ich die Geschichte an der Stelle fortsetzen, an der Leutnant Sears sie beendet hat und Ihnen die Einzelheiten mitteilen, die er nicht kennt.«

»Es mag Ihnen seltsam erscheinen, dass ich die Fortsetzung dieser Geschichte beisteuern kann, »aber der Zufall ist leicht zu erklären. Ich bin das jüngste Mitglied der Anwaltskanzlei Chudleigh & Chudleigh. Wir sind seit zweihundert Jahren die Anwälte der Chetneys. Nichts, was Lord Edam und seine beiden Söhne betrifft – und sei es noch so unbedeutend – ist uns unbekannt. Natürlich sind wir mit jedem Detail der schrecklichen Katastrophe der letzten Nacht vertraut.«

Der Baronet ließ sich verblüfft, aber neugierig geworden, in seinen Stuhl zurück.

»Werden Sie lange brauchen, Sir?«, fragte er.

»Ich werde versuchen, mich kurzzufassen«, sagte der junge Anwalt, »und«, fügte er in einem Ton hinzu, der seinen Worten fast das Gewicht einer Drohung verlieh, »ich verspreche, dass es interessant sein wird.«

»Es gibt keinen Grund, dieses Versprechen abzugeben«, sagte Sir Andrew, »ich finde es schon jetzt viel zu interessant.«

Er schaute mit schlechtem Gewissen auf seine Uhr und wandte den Blick schnell wieder ab.

»Sagen Sie dem Kutscher«, rief er dem Diener zu, »dass ich ihn nach Zeitaufwand bezahle.«

»In den letzten drei Tagen«, begann der junge Mr. Chudleigh, »war Lord Edam Chetney, der Vater der beiden Chetney Brüder, dem Tode nahe, wie sie vielleicht aus der Zeitung erfahren haben. Seine Ärzte haben sein Haus nicht verlassen. Er schien von Stunde zu Stunde schwächer zu werden, aber obwohl es so aussah, als würden ihn seine körperlichen Kräfte für immer verlassen, blieb sein Geist klar und aktiv. Dann, spät am gestrigen Abend, erhielten wir in unserem Büro die Nachricht, dass mein Vater sofort nach Chetney House kommen und bestimmte Papiere mitbringen solle. Um welche Papiere es sich dabei handelte, ist nicht so wichtig; ich erwähne das nur, um zu erklären, warum ich gestern Abend zufällig am Bett von Lord Edam saß.«

»Ich begleitete meinen Vater nach Chetney House, aber als wir dort ankamen, schlief Lord Edam, und die Ärzte weigerten sich, ihn zu wecken. Mein Vater drängte darauf, Lord Edams Anweisungen bezüglich der Papiere entgegennehmen zu dürfen, aber die Ärzte wollten ihn nicht stören, und so versammelten wir uns alle in der Bibliothek, um zu warten, bis er von selbst aufwacht.«

»Gegen ein Uhr nachts, als wir noch dort waren, kamen Inspektor Lyle und Beamte von Scotland Yard, die Lord Arthur wegen des Mordes an seinem Bruder verhaften wollten. Sie können sich unsere Bestürzung und Verzweiflung vorstellen. Wie alle anderen auch, hatte ich aus den Nachmittagszeitungen erfahren, dass der Earl of Chetney nicht tot, sondern nach England zurückgekehrt war, und bei meiner Ankunft in Chetney House hatte man mir gesagt, dass Lord Arthur ins Bath Hotel gegangen sei, um seinen Bruder zu suchen und ihm zu sagen, dass er sofort zu ihm kommen müsse, wenn er seinen Vater noch lebend wiedersehen wolle.«

»Es war bereits nach ein Uhr, und Lord Arthur war noch nicht zurückgekehrt. Keiner von uns wusste, wo Madame Zichy wohnte, und so konnten wir nicht gehen, um die Leiche des Earl of Chetney zu holen. Wir verbrachten eine höchst unglückliche Nacht und eilten jedes Mal ans Fenster, wenn eine Droschke auf den Platz fuhr, in der Hoffnung, dass es Lord Arthur war, der zurückgekehrt war.«

»Wir versuchten, uns die Tatsachen zu erklären, die auf ihn als Mörder hindeuteten. Ich bin ein Freund von Lord Arthur, ich habe mit ihm in Harrow und Oxford studiert, und ich weigerte mich, auch nur einen Augenblick lang zu glauben, dass er zu einem solchen Verbrechen fähig sei, doch als Anwalt konnte ich nicht umhin zu sehen, dass die Indizien stark gegen ihn sprachen.«

»In den frühen Morgenstunden erwachte Lord Edam in einem so viel besseren Zustand seiner Gesundheits, dass er sich weigerte, die von ihm beabsichtigten Änderungen in den Papieren vorzunehmen, und erklärte uns, er sei dem Tode nicht näher als wir. Unter anderen Umständen hätte uns diese glückliche Veränderung an ihm sehr erleichtert, aber keiner von uns konnte an etwas anderes denken als an den Tod seines ältesten Sohnes und an die Anschuldigung, die auf seinem jüngsten Sohn, Lord Arthur lastete.«

»Mein Vater hatte beschlossen, dass ich als einer der Rechtsberater der Familie im Haus bleiben sollte, solange sich Inspektor Lyle dort aufhielt, aber es gab für keinen von uns etwas zu tun. Lord Arthur kam nicht zurück, und nichts geschah bis zum späten Vormittag, als Lyle die Nachricht erhielt, dass der russische Diener verhaftet worden war. Er fuhr sofort zu Scotland Yard, um ihn zu verhören. Nach einer Stunde kam er zu uns zurück und berichtete mir, dass der Diener sich geweigert hatte, irgendetwas über die Geschehnisse der vergangenen Nacht, über sich selbst oder über die Prinzessin Zichy zu sagen. Nicht nicht einmal die Adresse ihres Hauses wollte nennen. 'Er habe große Angst', sagte Lyle, »ich habe ihm versichert, dass er keines Verbrechens verdächtigt werde, aber er wollte mir dennoch nichts sagen.«

»Es passierte nichts weiter, bis wir heute um zwei Uhr nachmttags die Nachricht erhielten, dass man Lord Arthur gefunden hatte und er in der Unfallstation des St. George's Hospital lag. Lyle und ich fuhren gemeinsam dorthin. Wir fanden ihn dort, aufrecht im Bett sitzend und mit einem Verband am Kopf.«

»Er war in der vorangegangenen Nacht von einem Kutscher ins Krankenhaus gebracht worden, der ihn im Nebel mit seiner Droschke angefahren hatte. Das Pferd hatte ihn gegen den Kopf getreten, und er war bewusstlos eingeliefert worden. Es gab keinen Hinweis darauf, wer er war, und erst als er am Nachmittag wieder zu sich kam, konnte die Krankenhausleitung seine Angehörigen benachrichtigen.«

»Lyle teilte ihm sofort mit, dass er verhaftet sei und was ihm zur Last gelegt wurde. Obwohl der Inspektor ihn davor warnte, etwas zu sagen, was gegen ihn verwendet werden könnte, wies ich ihn als sein Anwalt an, frei zu sprechen und uns alles zu erzählen, was er über die Ereignisse der letzten Nacht wusste. Es war offensichtlich, dass ihn der Tod seines Bruders viel mehr beschäftigte als die Tatsache, dass er des Mordes an ihm beschuldigt wurde.«

**Wir fanden ihn aufrecht im Bett**

»'Das', sagte Lord Arthur verächtlich, 'ist verdammter Unsinn. Es ist ungeheuerlich und schrecklich. Wir haben uns als die besten Freunde getrennt, die wir seit Jahren waren. Ich werde Ihnen alles erzählen, was passiert ist – nicht um mich zu entlasten, sondern um Ihnen zu helfen, die Wahrheit herauszufinden.'«

»Er erzählte uns die folgende Geschichte: Am gestrigen Nachmittag habe er, da er ständig bei seinem Vater gewesen sei, keinen Blick in die Abendzeitung werfen können, und erst nach dem Abendessen, als ihm der Butler die Zeitung brachte und ihm mitteilte, was darin stand, habe er erfahren, dass sein Bruder am Leben sei und sich im Bath Hotel aufhalte. Er machte sich sofort auf den Weg dorthin, erfuhr aber, dass sein Bruder gegen acht Uhr fortgegangen war, ohne zu sagen, wohin. Da der Earl of Chetney nicht sofort nach Hause gekommen war, um seinen Vater zu sehen, dachte sich Lord Arthur, dass er immer noch wütend auf diesen war, und seine Gedanken drehten sich natürlich um die Ursache ihres Streits, und er beschloss, ihn im Haus der Prinzessin Zichy zu suchen.«

»Das Haus war ihm einmal gezeigt worden, und obwohl er es noch nie betreten hatte, war er schon oft daran vorbeigefahren und kannte daher die genaue Lage. Er fuhr also, soweit es der Nebel erlaubte, in diese Richtung und ging den Rest des Weges zu Fuß, bis er gegen neun Uhr das Haus erreichte. Er läutete und wurde vom russischen Diener eingelassen. Er nahm seine Karte mit in den Salon, und sogleich kam sein Bruder herausgerannt, um ihn zu begrüßen. Ihm folgte die Prinzessin Zichy, die Lord Arthur ebenfalls auf das Herzlichste empfing.«

»'Ihr Brüder werdet euch viel zu erzählen haben'«, sagte sie. 'Ich gehe in den Speisesaal. Wenn ihr fertig seid, lasst es mich wissen.'«

»Kaum war sie gegangen, sagte Lord Arthur seinem Bruder, dass ihr Vater die Nacht wohl nicht überleben würde und er sofort zu ihm kommen müsse. 'Jetzt ist nicht die Zeit, euch an euren Streit zu erinnern'«, sagte Lord Arthur zu ihm, »'du bist gerade noch rechtzeitig von den Toten zurückgekehrt, um deinen Frieden mit ihm zu machen, bevor er stirbt.'«

»Lord Arthur sagte, dass der Earl of Chetney daraufhin sehr ergriffen war.«

»'Du missverstehst mich völlig, Arthur', erwiderte er. Ich wusste nicht, dass der 'Gouverneur' [hier ein oft verwendeter Ausdruck für das Familienoberhaupt] krank war, sonst wäre ich gleich nach meiner Ankunft zu ihm gegangen. Ich habe es nur deshalb nicht getan, weil ich dachte, er sei immer noch wütend auf mich. Ich gehe sofort mit dir zurück, sobald ich mich von der Prinzessin verabschiedet habe. Es ist ein Abschied für immer. Nach heute Abend werde ich sie nie wieder sehen.'«

»'Meinst du das ernst?', rief Arthur.«

»'Ja', antwortete der Earl of Chetney. Als ich nach London zurückgekommen bin, hatte ich nicht die Absicht, sie wiederzusehen. Es war nur ein unglücklicher Umstand, dass ich jetzt bin.«

»Dann sagte er Lord Arthur, dass er sich schon vor seiner Reise nach Zentralafrika von der Prinzessin getrennt hatte. Außerdem hatte er in Kairo, auf dem Weg nach Süden, gewisse Tatsachen über ihren dortigen Aufenthalt während der letzten Saison erfahren, die es ihm unmöglich machten, sie jemals wiedersehen zu wollen. Die Trennung sei endgültig und vollständig.«

»'Sie hat mich grausam betrogen', sagte er, 'ich kann dir nicht sagen, wie grausam. Während der zwei Jahre, in denen ich versuchte, die Zustimmung meines Vaters zu unserer Heirat zu erhalten, war sie in einen russischen Diplomaten verliebt. Während dieser ganzen Zeit hatte er sie heimlich hier in London besucht, und ihre Reise nach Kairo war nur ein Vorwand, um ihn dort zu treffen.«

»'Aber du bist dennoch heute Abend bei ihr', protestierte Arthur, 'nur wenige Stunden nach deiner Rückkehr.'«

»'Das ist leicht zu erklären', antwortete der ältere Chetney-Bruder. 'Als ich heute Abend im Hotel mein Dinner beendet hatte, erhielt ich eine Nachricht von ihr von dieser Adresse. Sie schrieb, dass sie gerade von meiner Ankunft erfahren habe und ich sofort zu ihr kommen sollte. Sie sei in großen Schwierigkeiten, liege im Sterben wegen einer unheilbaren Krankheit und habe weder Freunde noch Geld. Sie bat mich, ihr um der alten Zeiten willen zu Hilfe zu kommen. Während der letzten zwei Jahre im Dschungel waren meine früheren Gefühle für Zichy völlig verschwunden, aber niemand hätte ihre Bitte in diesem Brief ignorieren können. Ich kam also hierher und fand sie, so wie du sie gesehen hast, so schön wie eh und je, bei bester Gesundheit und, dem Erscheinungsbild des Haus nach zu urteilen, nicht in Geldnöten.'«

»'Ich fragte sie, was sie damit meinte, als sie mir schrieb, sie würde in einem Dachbodenzimmer im Sterben liegen, und sie lachte nur und sagte, sie hätte das nur getan, weil sie Angst hatte, ich würde mit nicht die Mühe machen, sie zu sehen, wenn ich nicht in dem Glauben wäre, dass sie Hilfe brauchte.'«

»'Das war der Stand der Dinge, als du hier ankamst. Und jetzt', fügte der Earl of Chetney hinzu, 'werde ich mich von ihr verabschieden, und du solltest besser zurück nach Hausegehen. Nein, du kannst dich auf mich verlassen, ich werde dir sofort folgen. Sie hat jetzt keinen Einfluss mehr auf mich, aber ich glaube, dass sie mich auf ihre seltsame Art immer noch liebt, trotz der Art und Weise, wie sie mich benutzt hat. Wenn sie erfährt, dass dieser Abschied endgültig ist, könnte es eine Szene geben. Es wäre ihr gegenüber nicht fair, wenn du dabei bist. Geh also sofort nach Hause, und sag dem 'Gouverneur', dass ich in zehn Minuten nachkomme.'«

»'So war es zwischen uns', sagte Lord Arthur, 'als wir uns trennten. Wir sind noch nie in einem freundschaftlicheren Verhältnis auseinandergegangen. Ich war froh, ihn lebend wiederzusehen, ich war froh, dass er rechtzeitig zurückgekommen war, um seinen Streit mit unserem Vater beizulegen, und ich war froh, dass er sich endlich von dieser Frau gelöst hatte. Ich war in meinem ganzen Leben noch nie so zufrieden mit ihm.'«

»Er wandte sich dabei an Inspektor Lyle, der am Fußende des Bettes saß und sich alles notierte, was er uns erzählte.«

»'Warum, um Himmels willen'«, schrie er, 'hätte ich ausgerechnet diesen Augenblick wählen sollen, um meinen Bruder ins Grab zu schicken!'. Der Inspektor gab ihm darauf zunächst keine Antwort.

»Ich weiß nicht, ob jemand von Ihnen Inspektor Lyle kennt«, fuhr der junge Anwalt fort, »aber wenn nicht, kann ich Ihnen versichern, dass er ein sehr bemerkenswerter Mann ist. Unsere Kanzlei bittet ihn oft um Hilfe, und er hat uns noch nie im Stich gelassen; mein Vater hat den größten Respekt vor ihm. Sein Vorteil gegenüber einem gewöhnlichen Polizeibeamten ist, dass er Fantasie besitzt. Er stellt sich vor, er wäre der Verbrecher, er stellt sich vor, wie er unter den gleichen Umständen handeln würde, und er stellt sich das so gut vor, dass er meist auch den Mann findet, den er sucht. Ich habe Lyle oft gesagt, wenn er nicht Detektiv geworden wäre, hätte er als Dichter oder Dramatiker großen Erfolg gehabt.«

»Als ihn Lord Arthur ansah, zögerte Lyle einen Moment, dann erklärte er ihm, was genau gegen ihn vorlag.«

»'Seit der Zeit, als ihr Bruder als in Afrika verstorben galt', sagte er, 'hat sich Eure Lordschaft Geld gegen Schuldscheine beschafft. Gestern Abend, mit der Ankunft des Earl of Chetney, wurden sie für die Gläubiger zu Papiermüll. Sie standen plötzlich mit Tausenden von Pfund in der Kreide – viel mehr, als sie jemals hätten zurückzahlen können. Niemand wusste, dass Sie und ihr Bruder sich bei Madame Zichy getroffen hatten, aber Sie wussten, dass Ihr Vater die Nacht nicht überleben würde und dass Sie, wenn Ihr Bruder auch tot wäre, vor dem völligen Ruin bewahrt und der Marquis von Edam werden würden.«

»'Ach, so haben Sie sich also zurechtgelegt?', rief Lord Arthur, 'und damit ich die Stelle von Lord Edam einnehmen konnte, musste auch diese Frau sterben!'«

89

»'Man wird sagen', antwortete Lyle, 'dass sie eine Zeugin des Mordes war – dass sie geredet hätte'.«

»'Warum habe ich dann nicht auch den Diener getötet?'«, fragte Lord Arthur.

»'Er hat geschlafen und nichts gesehen.'«

»'Und *das* glauben Sie?', wollte Lord Arthur wissen.«

»'Es ist keine Frage, was ich glaube', sagte Lyle ernsthaft. 'Es ist eine Frage für die Geschworenen'.«

»'Der Mann ist unverschämt!', rief Lord Arthur. 'Die Sache ist ungeheuerlich! Schrecklich!'«

»Bevor wir ihn aufhalten konnten, sprang er aus seinem Bett und begann, an seinen Kleidern zu zerren, und als die Krankenschwestern versuchten, ihn festzuhalten, wehrte er sich gegen sie.«

»'Glauben Sie, dass Sie mich hier festhalten können', schrie er Lyle an, »wenn sie vorhaben, mich aufhängen zu lassen? Ich werde mit Ihnen zu diesem Haus gehen! Wenn Sie die Leichen finden, werde ich an ihrer Seite sein. Das ist mein Recht. Er ist mein Bruder. Er wurde ermordet, und ich kann Ihnen sagen, wer es getan hat. Diese Frau hat ihn ermordet. Zuerst hat sie sein Leben ruiniert, und jetzt hat sie ihn umgebracht. Sie hat fünf Jahre lang versucht, seine Frau zu werden, und als er ihr gestern Abend sagte, dass er die Wahrheit über den russischen Geliebten herausgefunden hat und dass sie ihn nie wiedersehen wird, hat sie einen Wutanfall bekommen und ihn erstochen. Dann hat sie sich aus Angst vor dem Galgen umgebracht. Sie hat ihn ermordet, das sage ich Ihnen, und ich verspreche Ihnen, dass wir das Messer, das sie benutzt hat, in ihrer Nähe finden werden – vielleicht sogar noch in ihrer Hand. Was werden Sie dann dazu sagen?'«

»Lyle wandte den Kopf ab und starrte auf den Boden. 'Ich könnte sagen', antwortete er, 'dass Sie es dort hingelegt haben.'«

»Arthur stieß einen wütenden Schrei aus und sprang auf ihn zu, direkt in seine Arme. Blut quoll aus der Wunde unter dem Verband, und er wurde ohnmächtig. Lyle trug ihn zurück zum Bett zurück, und wir überließen ihn der Polizei und den Ärzten. Dann fuhren wir sofort zu der Adresse, die er uns gegeben hatte.«

»Wir fanden das Haus keine drei Minuten zu Fuß vom St. George's Hospital entfernt. Es liegt in der Trevor Terrace, jener kleinen Häuserzeile, die von Knightsbridge zurückgesetzt ist und an einem Ende in der Hill Street endet.«

»Als wir das Krankenhaus verließen, hatte Lyle zu mir gesagt: 'Sie dürfen es mir nicht vorwerfen, dass ich ihn so behandelt habe. Alles geht fair zu bei dieser Arbeit, und wenn ich den Jungen so verärgert hätte, dass er alles zugibt, dann wäre es richtig gewesen, es zu versuchen. Ich versichere Ihnen, niemand wäre glücklicher als ich, wenn ich beweisen könnte, dass seine Theorie richtig ist. Aber das können wir nicht sagen. Alles hängt davon ab, was wir in den nächsten Minuten selbst sehen werden.'«

»Als wir das Haus erreichten, brach Lyle die Verriegelung eines der Fenster im Erdgeschoss auf, und im Schutz der Bäume im Garten, kletterten wir ins Innere.«

»Wir befanden uns im Empfangszimmer, dem ersten Raum auf der rechten Seite des Flurs. Das Gas brannte noch hinter den farbigen Gläsern und den roten Seidenvorhängen, und als das Tageslicht hinter uns hereinfiel, gab es dem Flur ein grässlich-schummriges Aussehen, wie dem Foyer eines Theaters bei einer Matinee oder dem Eingang zu einer ganztägig geöffneten Spielhölle. Es herrschte eine bedrückende Stille im Haus, und weil wir wussten, warum es so still war, sprachen wir im Flüsterton.«

»Als Lyle die Klinke der Salontür betätigte, fühlte ich mich, als hätte jemand die Hand auf meine Kehle gelegt, aber ich folgte ihm dicht auf den Fersen und sah im gedämpften Licht der bunten Lampen die Leiche des Earl of Chetney am Ende des Diwans liegen, genau wie Leutnant Sears es beschrieben hat. Im Salon fanden wir dann die Leiche der Prinzessin Zichy, die Arme ausgebreitet, und das Blut aus ihrem Herzen trocknete in einer dünnen Linie über ihre nackte Schulter. Aber keiner von uns, obwohl wir auf Händen und Knien den Boden absuchten, konnte die Waffe finden, die sie getötet hatte.«

»'Um Lord Arthurs willen'«, sagte ich, 'hätte ich tausend Pfund gegeben, wenn wir das Messer bei ihr gefunden hätten, wie er gesagt hat.'«

**Wir fanden den Körper der Prinzessin Zichy**

»'Die Tatsache, dass wir es dort *nicht* gefunden haben', antwortete Lyle, 'ist meiner Meinung nach der stärkste Beweis dafür, dass er die Wahrheit sagt und dass er das Haus verlassen hat, bevor der Mord geschah. Er ist kein Dummkopf. Hätte er seinen Bruder und diese Frau wirklich erstochen, dann hätte er sicher erkannt, dass er mit dem Messer in ihrer Nähe den Eindruck erwecken konnte, als hätte sie den Earl of Chetney getötet und dann Selbstmord begangen. Lord Arthur hatte darauf bestanden, dass der Beweis seiner Unschuld daran erkennbar wäre, das Messer hier zu finden. Er hätte nicht darauf gedrängt, wenn er bereits gewusst hätte, dass wir es nicht finden würden, weil er es selbst weggeschafft hat. Das ist kein Selbstmord. Ein Selbstmörder steht nicht auf, versteckt die Waffe, mit der er sich selbst umgebracht hat, und legt sich dann wieder hin. Nein, es handelt sich um einen Doppelmord, und wir müssen den Mörder außerhalb des Hauses suchen.'«

»Während er weitersprach, durchsuchten Lyle und ich jeden Winkel und studierten jedes Detail in den Zimmern. Ich hatte solche Angst davor, dass er, ohne es mir zu sagen, irgendwelche für Lord Arthur nachteiligen Schlussfolgerungen ziehen würde, sodass ich nicht von seiner Seite wich; ich war entschlossen, alles zu sehen, was er sah, und es nach Möglichkeit zu verhindern, dass er es falsch interpretierte.«

»Schließlich beendete er seine Untersuchung, und wir setzten uns zusammen in den Salon, wo er sein Notizbuch hervorholte und alles vorlas, was Mr. Sears ihm über den Mord erzählt hatte und was wir gerade von Lord Arthur erfahren hatten. Wir verglichen die beiden Berichte, Wort für Wort, und wogen Aussage gegen Aussage ab, aber ich konnte aus dem, was Lyle sagte, nicht erkennen, welcher der beiden Versionen er Glauben schenken wollte.«

»'Wir versuchen, ein Haus aus Bauklötzen zu bauen', sagte er, 'und die Hälfte der Bauklötze fehlt. Wir haben zwei Theorien in Betracht gezogen', fuhr er fort, 'und die eine besagt, dass Lord Arthur für beide Morde verantwortlich ist, die andere, dass die tote Frau dort drinnen für einen der Morde verantwortlich ist und dann Selbstmord begangen hat; aber solange der russische

Diener nicht bereit ist zu reden, weigere ich mich, an einer der beiden Versionen zu glauben.'«

»'Was können Sie durch ihn beweisen?', fragte ich. 'Er war betrunken und schlief. Er hat nichts gesehen.'«

»Lyle zögerte, und dann, als hätte er sich entschlossen, mir gegenüber ganz offen zu sein, sprach er die Dinge ohne Umschweife aus. 'Ich weiß nicht, ob er betrunken war oder geschlafen hat', antwortete er. Leutnant Sears beschrieb ihn als einen dummen Tölpel. Ich bin mir nicht sicher, ob er nicht vielleicht ein guter Schauspieler ist. Was war seine Stellung in diesem Haus? Was war seine wirkliche Aufgabe hier?'«

»'Nehmen wir an, er war hier, nicht um diese Frau zu bewachen, sondern um sie zu beobachten. Nehmen wir an, er diente nicht der Frau, sondern einem Herrn, und sehen wir, wohin uns das führt. 'Dieses Haus hat einen Herrn, einen geheimnisvollen, abwesenden Besitzer, der in St. Petersburg lebt, den unbekannten Russen, der zwischen den Earl of Chetney und Zichy kam und dessentwegen sie den Earl verließ. Er ist der Mann, der dieses Haus für Madame Zichy gekauft hat, der diese Teppiche und Vorhänge aus St. Petersburg geschickt hat, um es für sie nach seinem Geschmack einzurichten, und ich glaube, er war es auch, der den russischen Diener hier untergebracht hat, angeblich, um der Prinzessin zu dienen, in Wirklichkeit aber, um sie auszuspionieren.'«

»'Bei Scotland Yard weiß man nicht, wer dieser Herr ist, und die russische Polizei gibt an, dass sie ebenso wenig über ihn weiß. Als der Earl of Chetney nach Afrika ging, lebte Madame Zichy in St. Petersburg; aber dort waren ihre Empfänge und Abendessen so überlaufen mit Mitgliedern des Adels, der Armee und Diplomaten, dass die Polizei nicht herausfinden konnte, wer unter so vielen Besuchern derjenige war, für den sie sich am meisten interessierte.'«

»Lyle deutete auf die modernen französischen Gemälde und die schweren Seidenteppiche an den Wänden. 'Der Unbekannte ist ein Mann mit Geschmack und einem gewissen Vermögen', sagte er, 'nicht die Art von Mann, der einen dummen Bauern schickt, um die Frau zu bewachen, die er liebt.'«

»Ich gebe mich nicht damit zufrieden, wie Mr. Sears zu glauben, dass der Diener ein Tölpel ist. Im Gegenteil, ich halte ihn für einen sehr intelligenten Tölpel. Ich halte ihn für den Beschützer der Ehre seines Herrn, oder, sagen wir, des Eigentums seines Herrn, sei es das Tafelsilber oder die Frau, die sein Herr liebt.'«

»'Gestern Abend, nachdem Lord Arthur gegangen war', fuhr er fort, 'blieb der Diener mit dem Earl of Chetney und Madame Zichy allein in diesem Haus zurück. Nehmen wir an, er hörte, wie sie den Earl of Chetney bat, sie nicht zu verlassen, und ihn an seinen früheren Wunsch erinnerte, sie zu heiraten. Nehmen wir weiter an, er hört, wie Chetney sie verunglimpfte und ihr sagte, er habe in Kairo von diesem russischen Verehrer – dem Herrn des Dieners – erfahren. Er hört, wie die Frau erklärt, sie habe keinen anderen

Verehrer gehabt als den Earl of Chetney selbst, dass dieser unbekannte Russe nichts für sie gewesen sei, dass es keinen anderen Mann gibt, den sie liebt, als ihn, und dass sie ohne seine Liebe nicht leben könne, da sie nun weiß, dass er am Leben ist.'«

»'Nehmen wir weiter an, Chetney glaubt ihr, nehmen wir an, seine alte Liebe zu ihr kehrt zurück, und in einem Moment der Schwäche verzeiht er ihr und nimmt sie in seine Arme.'«

»Das ist der Moment, den der russische Gentleman gefürchtet hat. Um sich davor zu schützen, hat er seinen Wachhund auf die Prinzessin angesetzt, und wir könnten annehmen, dass der Wachhund, als der Augenblick gekommen war, seinem Herrn diente, wie er es für seine Pflicht hielt, und die beiden tötete.'«

»'Was meinen Sie?', fragte Lyle. 'Würde das nicht beide Morde erklären?'«

»Ich war nur zu gern bereit, jede Theorie anzuhören, die auf einen anderen Täter als Lord Arthur hindeutete, aber Lyles Erklärung war zu fantastisch. Ich sagte ihm, dass er sicherlich Vorstellungskraft zeigte, aber dass man einen Mann nicht für das hängen könne, was er sich einbildet, dass dieser getan hat.«

»'Nein', antwortete Lyle, 'aber ich kann ihn erschrecken, indem ich ihm sage, was ich glaube, was er meiner Meinung nach getan hat, und wenn ich den russischen Diener jetzt noch einmal befrage, werde ich ihm ganz klar sagen, dass ich glaube, dass er der Mörder ist. Ich denke, das wird ihm den Mund öffnen. Ein Mann wird am Ende reden, um sich zu verteidigen. Kommen Sie', sagte er, 'wir müssen sofort zu Scotland Yard zurück und ihn verhören. Hier gibt es nichts mehr zu tun.'«

**Sie flehte den Earl of Chetney an, sie nicht zu verlassen**

»Er stand auf, und ich folgte ihm in den Flur. In einer weiteren Minute wären wir auf dem Weg zu Scotland Yard gewesen, aber gerade als er die Haustür öffnete, blieb ein Postbote am Gartentor stehen und fummelte an der Klinke herum.«

»Lyle hielt inne und stieß einen Ausruf der Verärgerung aus: 'Wie dumm von mir!' Schnell drehte er sich um und zeigte auf einen schmalen Schlitz im Messingschild an der Eingangstür. 'Das Haus hat einen privaten Briefkasten', sagte er, 'und ich habe nicht daran gedacht, dort hineinzuschauen! Wären wir durch das Fenster hinausgegangen, so wie wir hereingekommen sind, hätte ich ihn nie gesehen, aber gleich in dem Augenblick, in dem ich das Haus betreten habe, hätte ich daran denken sollen, die Briefe zu sichern, die heute Morgen gekommen sind. Ich war grob nachlässig.'«

»Er ging zurück in den Hausflur und zog am Deckel des Briefkastens an der Innenseite der Tür, doch dieser war fest verschlossen. Im selben Moment kam der Postbote mit einem Brief die Treppe hinauf. Ohne ein Wort zu sagen, nahm Lyle ihm den Brief aus der Hand und betrachtete ihn. Er war an die Prinzessin Zichy adressiert, und auf der Rückseite des Umschlags stand der Name eines Schneiders aus dem West End.«

»'Der nützt mir nichts', sagte Lyle. Er zückte seinen Ausweis und zeigte ihn dem Postboten. 'Ich bin Inspektor Lyle von Scotland Yard', sagte er. Alle Personen in diesem Haus sind in Gewahrsam. Alles, was sich darin befindet, steht jetzt unter meiner Aufsicht. Haben Sie hier heute Morgen noch andere Briefe abgegeben?'«

»Der Mann sah ängstlich aus, antwortete aber sofort. Er sei jetzt auf seiner dritten Runde. Um sieben und um elf Uhr hatte er bereits die Post ausgetragen.«

»'Wie viele Briefe haben Sie hiergelassen?'«, fragte Lyle.

»'Zusammen ungefähr sechs', antwortete der Mann.«

»'Haben Sie sie durch die Tür in den Briefkasten gesteckt!'«

»'Ja, ich stecke sie immer in den Kasten', sagte der Briefträger, 'ich läute und gehe weg. Die Dienerschaft holt sie von innen heraus.'«

»'Haben Sie gesehen, ob auf einem der Briefe, die Sie hiergelassen haben, eine russische Briefmarke war?' fragte Lyle.«

»Der Mann antwortete: 'Oh ja, Sir, auf sehr vielen.'«

»Kamen sie alle von ein und derselben Person, was würden Sie sagen?'«

»'Die Schrift schien immer die gleiche zu sein', antwortete der Mann. Sie kommen regelmäßig, etwa einmal in der Woche. Eine der Sendungen, die ich heute Morgen abgegeben habe, hatte einen russischen Poststempel.'«

»'Das genügt', sagte Lyle beflissen. 'Danke, vielen Dank.'«

»Er rannte in den Hausflur zurück, holte sein Taschenmesser heraus und begann, das Schloss des Briefkastens aufzubrechen. 'Ich war höchst fahrlässig', sagte er aufgeregt. 'Zweimal, wenn Leute, die ich suchte, aus einem Haus geflohen waren, konnte ich ihnen folgen, indem ich ihren Briefkasten habe überwachen lassen. Diese Briefe, die regelmäßig jede Woche mit derselben

Handschrift aus Russland ankommen, können nur von einer Person stammen. Zumindest werden wir jetzt den Namen des Hausherrn erfahren. Zweifellos ist es einer seiner Briefe, den der Mann heute Morgen hier eingesteckt hat. Wir könnten eine sehr wichtige Entdeckung machen.'«

»Während er sprach, machte er sich weiter mit seinem Messer am Schloss zu schaffen, aber er war so ungeduldig, die Briefe zu bekommen, dass er zu stark auf die Klinge drückte und sie in seiner Hand zerbrach.«

»Ich trat einen Schritt nach hinten, stieß mit dem Absatz gegen das Schloss und sprengte es auf. Der Deckel flog zurück, und wir drängten uns vorwärts. Jeder von uns steckte seine Hand in den Briefkasten. Einen Moment lang waren wir beide zu erschrocken, um uns zu bewegen. Der Kasten war leer.«

»Ich weiß nicht, wie lange wir uns dumm anstarrten. Lyle, erholte sich als Erster; er packte mich am Arm und deutete aufgeregt in den leeren Kasten.«

»Wissen Sie, was das bedeutet?«', rief er. 'Es bedeutet, dass jemand vor uns hier war. Jemand hat dieses Haus keine drei Stunden vor uns betreten, nach elf Uhr heute Morgen.'«

»'Das war der russische Diener!'«, rief ich aus.«

»Der wurde von Scotland Yard verhaftet', antwortete Lyle, 'er kann die Briefe nicht mitgenommen haben, und Lord Arthur lag im Krankenhaus in seinem Bett. Das ist sein Alibi. Es gibt noch jemanden, den wir nicht verdächtigen, und das ist der Mörder. Entweder kam er hierher zurück, um diese Briefe zu holen, weil er wusste, dass sie ihn überführen würden, oder um etwas zu entfernen, das er zum Zeitpunkt des Mordes hier zurückgelassen hatte, etwas Belastendes, vielleicht die Waffe oder einen persönlichen Gegenstand, ein Zigarettenetui, ein Taschentuch mit seinem Namen darauf oder ein Paar Handschuhe. Was auch immer es war, es muss ein erdrückendes Beweismittel gegen ihn gewesen sein, das ihn veranlasst hat, aus Verzweiflung zu diesem riskanten Schritt veranlasst hat.'«

»'Woher wissen wir, dass er sich nicht hier versteckt?', flüsterte ich.«

»Nein, ich behaupte fest, dass das nicht so ist', antwortete Lyle. Ich habe vielleicht in einigen Dingen geschludert, aber ich habe das Haus gründlich durchsucht. Trotzdem', fügte er hinzu, 'müssen wir noch einmal durchgehen, vom Keller bis zum Dach. Wir haben jetzt einen echten Anhaltspunkt und müssen und nur noch damit beschäftigen.'«

»Während er sprach, begann er erneut, den Salon zu durchsuchen, und drehte sogar die Bücher auf den Tischen sowie die Notenblätter auf dem Klavier um. 'Wer auch immer dieser Mann ist', sagte er über die Schulter, 'wir wissen, dass er einen Schlüssel für die Haustür und einen Schlüssel für den Briefkasten hat. Das zeigt uns, dass er entweder ein Bewohner des Hauses ist oder dass er hierherkommt, wann immer er will.'«

»'Der Russe sagt, er sei der einzige Bedienstete im Haus gewesen. Wir haben mit Bestimmtheit keinen

Beweis dafür gefunden, dass ein anderer Diener hier geschlafen hat. Es kann nur eine weitere Person geben, die einen Schlüssel für das Haus und den Briefkasten hat – und dieser Mann lebt in St. Petersburg. Zum Zeitpunkt des Mordes war er aber zweitausend Meilen entfernt.'«

»Lyle unterbrach abrupt mit einem spitzen Schrei und drehte sich mit blitzenden Augen zu mir um. 'Aber war er wirklich dort?', rief er. 'War er das? Woher wissen wir, dass er gestern Abend nicht in London war, in genau diesem Haus, als Zichy und Chetney sich trafen?'«

»Er stand da und starrte in meine Richtung, ohne mich zu richtig wahrzunehmen, murmelte vor sich hin und haderte mit sich selbst.«

»'Sprechen Sie mich nicht an', rief er, als ich es wagte, ihn zu unterbrechen. 'Ich kann es jetzt sehen. Es ist alles klar.'«

»'Es war nicht der Diener, sondern sein Herr, der Russe selbst, und er war es, der wegen der Briefe zurückgekommen ist! Er hat sie geholt, weil er wusste, dass sie ihn überführen würden. Wir müssen sie finden. Wir müssen diese Briefe haben. Wenn wir den Brief mit dem russischen Poststempel finden, haben wir den Mörder gefunden.'«

»Er führte sich wie ein Verrückter auf, und während er sprach, ging er mit einer Hand vor sich durch den Raum, so wie man es von einem Gedankenleser im Theater kennt, der nach etwas sucht, das im Parkett versteckt ist.«

»Er nahm die alten Briefe vom Schreibtisch und überflog sie so schnell, wie ein Spieler die Karten ausgibt; er kniete sich vor den Kamin und zog mit bloßen Fingern die erkalteten Kohlenreste heraus; dann rannte er mit einem leisen, besorgten Schrei, wie ein Hund auf der Fährte, zum Papierkorb. Er nahm die Papiere heraus und verteilte sie auf dem Boden. Sofort stieß er einen Triumphschrei aus, trennte einige zerrissene Stücke von den anderen und hielt sie mir unter die Nase.«

»'Schauen Sie!', rief er. 'Sehen Sie das? Hier sind fünf Briefe, die an zwei Stellen zerrissen sind. Der Russe hat sich nicht die Zeit genommen, sie zu lesen. Wie Sie sehen, hat er sie noch versiegelt gelassen.«

»Ich habe mich geirrt. Der wahre Mörder ist nicht wegen der Briefe zurückgekommen. Er konnte ihren Wert nicht kennen. Er muss aus einem anderen Grund gekommen sein. Als er ging, sah er den Briefkasten und nahm die Briefe heraus, hielt sie zusammen – so etwa – riss sie zweimal quer durch und warf sie dann, da das Feuer erloschen war, in diesen Korb. Sehen Sie«, rief er, »hier in der oberen Ecke dieses Fetzens ist eine russische Briefmarke. Das ist sein eigener Brief – ungeöffnet!«

»Wir untersuchten die russische Briefmarke und stellten fest, dass sie vor vier Tagen in St. Petersburg abgestempelt worden war. Auf der Rückseite des Umschlags befand sich der Poststempel des Postamts in der Upper Sloane Street von heute Morgen. Der Umschlag war aus blauem, offiziellem Papier, und wir hatten keine Schwierigkeiten, die anderen Fetzen des

Umschlags zu finden. Wir zogen die zerrissenen Teile des Briefes heraus und legten sie nebeneinander. Es waren nur zwei Zeilen zu lesen, und dies war die Nachricht:«

'Ich verlasse Petersburg mit dem Nachtzug und sehe dich am Montagabend nach dem Abendessen im Trevor Terrace.'

»'Das war gestern Nacht!', rief Lyle. 'Er kam zwölf Stunden vor seinem Brief an – aber der kam noch rechtzeitig genug – rechtzeitig, dass man ihn dafür hängen wird.'«

Der Baronet schlug mit der Hand auf den Tisch.

»Der Name!«, wollte er wissen. »Wie war die Unterschrift? Wie war der Name des Mannes!«

Der junge Anwalt erhob sich, beugte sich vor und streckte den Arm aus.

»Da stand kein Name«, rief er. »Der Brief war nur mit zwei Initialen unterzeichnet, aber oben auf dem Blatt war die Adresse des Mannes eingraviert. Diese Adresse lautete:«

AMERIKANISCHE BOTSCHAFT,
ST. PETERSBURG,
BÜRO DES MARINE-ATTACHÉS.

»Und die Initialen«, rief er, wobei sich seine Stimme zu einem jubelnden und bitteren Schrei steigerte, 'waren die des Herrn, der uns gegenüber sitzt und uns erzählt hat, dass er der Erste war, der die Leichen der ermordeten gefunden hat, der Marineattaché in Russland, Leutnant Sears!'«

Den Worten des Anwalts folgte ein angespanntes und fürchterliches Schweigen, das wie eine schwingende Bogensehne zu vibrieren schien, die gerade ihren Pfeil weggeschleudert hat.

Sir Andrew, bleich und starr, wich mit einem Ausruf des Abscheus zurück. Seine Augen waren mit fasziniertem Entsetzen auf den Marineattaché gerichtet, doch dieser stieß nur einen zufriedenen Seufzer aus, ließ sich bequem in die Lehnen seines Stuhls sinken und klatschte sanft in die Hände.

»Großartig!«, murmelte er. 'Ich gebe Ihnen mein Wort, dass ich nie erraten hätte, worauf Sie hinauswollen. Sie haben *mich* wirklich getäuscht. Der Teufel soll mich holen, wenn Sie es nicht getan haben – Sie haben mich wirklich getäuscht.'«

Der Mann mit dem Perlenstecker beugte sich mit einer nervösen Geste vor. »Ruhig, seien Sie vorsichtig!«, flüsterte er, doch genau in diesem Moment überreichte ihm ein Diener, der durch den Raum eilte, zum dritten Mal ein Stück Papier, das er eifrig überflog. Die Nachricht auf dem Papier lautete: 'Die Sitzung des Unterhauses ist beendet. Das Haus hat sich erhoben.'

Der Mann mit der schwarzen Perle stieß einen gewaltigen Schrei aus und warf das Papier von sich auf den Tisch. »Hurra!«, rief er. »Das Haus verlässt den Saal! Wir haben gewonnen!«

Er griff nach seinem Glas und klopfte dem Marineattaché kräftig auf die Schulter. Freudig nickte er diesem, dem Anwalt und dem Boten der Königin zu.

»Gentlemen, einen Toast auf Sie!«, rief er, »meinen Dank und meine Glückwünsche!«

Er nahm einen tiefen Schluck aus dem Glas und stieß einen langen Seufzer der Zufriedenheit und Erleichterung aus.

»Aber ich sage Ihnen«, protestierte der Bote der Königin und schüttelte dem Anwalt heftig seinen Finger entgegen, »diese Geschichte taugt nichts. Sie haben nicht fair gespielt – und Sie haben so schnell geredet, dass ich nicht verstanden habe, worum es eigentlich ging. Ich wette mit Ihnen, dass diese Beweise vor Gericht nicht standhalten würden – damit könnte man nicht einmal eine Katze aufhängen. Ihre Geschichte ist verdammter Unsinn. Meine Geschichte hätte sich wirklich so zutragen können, meine Geschichte trug die Merkmale … «

In ihrer Freude über ihre Einfälle hatten die Erzähler ihr Publikum vergessen. Ein plötzlicher Ausruf von Sir Andrew brachte sie dazu, sich schuldbewusst zu ihm umzudrehen. Auf seinem Gesicht zeichneten sich Zornesfalten, Zweifel und Erstaunen ab.

»Was hat das zu bedeuten?«, rief er. »Ist das ein Scherz, oder seid ihr verrückt? Wenn Sie wissen, dass dieser Mann ein Mörder ist, warum ist er dann auf freiem Fuß? Ist das ein Spiel, das ihr da treibt? Erklärt mir das sofort. Was hat das zu bedeuten?«

Der Amerikaner warf einen Blick auf die anderen, erhob sich und verbeugte sich höflich.

»Ich bin kein Mörder, Sir Andrew. Glauben Sie mir, Sie brauchen keine Angst zu haben. Tatsächlich habe ich in diesem Augenblick viel mehr Angst vor Ihnen, als Sie vor mir haben könnten. Ich bitte Sie um Nachsicht. Ich versichere Ihnen, dass wir nicht unhöflich sein wollten. Wir haben nur Geschichten ausgetauscht und so getan, als wären wir Leute, die wir nicht sind. Wir haben uns bemüht, Sie mit besseren Kriminalgeschichten zu unterhalten als zum Beispiel die letzte, die Sie gelesen haben, 'Der große Goldminen-Raub'.«

Der Baronet strich sich nervös mit der Hand über die Stirn.

»Wollen Sie mir ernsthaft sagen, dass nichts von alledem geschehen ist, dass der Earl of Chetney nicht tot ist, dass sein Anwalt keinen Brief von Ihnen gefunden hat, den Sie von Ihrem Posten in Petersburg aus geschrieben haben, und dass er sich gerade eben, als er Sie des Mordes beschuldigte, einen Scherz erlaubt hat?«

»Es tut mir wirklich sehr leid«, sagte der Amerikaner, »aber sehen Sie, Sir, er kann keinen Brief gefunden haben, den ich in St. Petersburg geschrieben habe, weil ich noch nie in Petersburg war. Bis zu dieser Woche war ich noch nie außerhalb meines Landes. Ich bin kein Marineoffizier. Ich schreibe Kurzgeschichten, und als mir dieser Gentleman heute Abend erzählte, dass Sie Detektivgeschichten mögen, dachte ich, es wäre amüsant, Ihnen eine meiner eigenen Geschichten zu erzählen – eine, die ich mir erst heute Nachmittag ausgedacht habe.«

»Aber der Earl of Chetney *ist* eine reale Person«, unterbrach ihn der Baronet. »Er ist vor zwei Jahren nach

Afrika gegangen, wo er angeblich gestorben ist. Sein Bruder, Lord Arthur, ist der Erbe, und gestern ist der Earl of Chetney zurückgekehrt. Das habe ich in den Zeitungen gelesen.«

»Das habe ich auch«, pflichtete ihm der Amerikaner beruhigend bei. »Es schien mir ein sehr guter Stoff für eine Geschichte zu sein. Ich meine seine unerwartete Rückkehr von den Toten und die wahrscheinliche Enttäuschung des jüngeren Bruders. Also beschloss ich, dass der jüngere Bruder den älteren besser ermorden sollte. Die Prinzessin Zichy habe ich mir nur ausgedacht. Den Nebel musste ich nicht erfinden. Seit gestern Abend Nacht weiß ich alles, was man über Londoner Nebel wissen muss. Ich war drei Stunden lang in einem verloren.«

Grimmig drehte sich der Baronet zum Gesandten der Königin hin und zeigte auf ihn. »Aber dieser Herr«, protestierte er, »er ist kein Verfasser von Kurzgeschichten, er ist Mitglied des Außenministeriums. Ich habe ihn oft in Whitehall gesehen, und seiner Meinung nach ist die Prinzessin Zichy keine Erfindung. Er sagt, sie sei sehr bekannt, sie habe versucht, ihn zu bestehlen.«

Der Beamte des Auswärtigen Amtes sah den Kabinettsminister unglücklich an und paffte nervös an seiner Zigarre. »Es stimmt, Sir Andrew, ich bin ein Gesandter der Königin«, sagte er beschwichtigend. »Eine russische Frau hat einmal versucht, einen Gesandten der Königin in einem Eisenbahnwaggon auszurauben, aber das ist nicht mir passiert, sondern einem Freund von mir. Die einzige russische Prinzessin, die ich je kannte, hieß Zabrisky. Sie haben sie vielleicht gesehen. Sie hat immer Kunstsprünge vom Dach im Aquarium* gemacht.«

[* 'The Royal Aquarium and Winter Garden' war von 1876 bis 1903 ein Vergnügungszentrum in London]

Sir Andrew schnaubte empört und wandte sich dem jungen Anwalt zu. »Und ich nehme an, dass ihre Geschichte auch nur ein Schwindel war«, sagte er. »Natürlich muss das so sein, denn der Earl of Chetney ist nicht tot. Aber erzählen Sie mir bitte nicht«, protestierte er, »dass Sie auch nicht der Sohn von Chudleigh sind.«

»Es tut mir leid«, sagte das jüngste Mitglied und lächelte etwas verlegen, »aber mein Name ist nicht Chudleigh. Ich versichere Ihnen aber, dass ich die Familie sehr gut kenne und mich mit ihr gut verstehe.«

»Das sollten Sie auch«, rief der Baronet, »und nach den Freiheiten zu urteilen, die Sie sich bei den Chetneys herausnehmen, sollten Sie sich auch mit dieser Familie sehr gut verstehen.«

Der junge Mann lehnte sich zurück und blickte zu den Bediensteten am anderen Ende des Raums.

»Ich war schon so lange nicht mehr im Klub«, sagte er, »dass ich bezweifle, dass sich selbst die Kellner an mich erinnern. Vielleicht Joseph«, fügte er hinzu.

»Joseph!«, rief er, und bei diesem Wort trat ein Diener rasch vor.

Der junge Mann deutete auf den ausgestopften Kopf eines großen Löwen, der über dem Kamin hing.

»Joseph, ich möchte, dass Sie diesen Gentleman sagen, wer diesen Löwen geschossen hat. Wer hat ihn dem Grill-Club geschenkt?«

Joseph, der es nicht gewohnt war, vor Mitgliedern des Klubs den Zeremonienmeister zu spielen, wippte nervös von einem Fuß auf den anderen.

»Na, Sie – Sie hatten ihn dem Klub geschenkt«, stammelte er.

»Natürlich war ich das!«, rief der junge Mann aus. »Ich meine, wie heißt der Mann, der ihn geschossen hat? Sagen Sie den Gentlemen, wer ich bin; mir würden sie es nicht glauben.«

»Wer Sie sind, Mylord?«, fragte Joseph. »Sie sind der Earl of Chetney, Sohn von Lord Edam.«

»Sie müssen zugeben«, sagte der Earl of Chetney, als der Lärm verstummt war, »dass ich nicht tot bleiben konnte, während mein kleiner Bruder des Mordes beschuldigt wurde. Ich musste etwas tun. Der Familienstolz verlangte es. Nun, Arthur, als der jüngere Bruder, kann es sich nicht leisten, zimperlich zu sein, aber ich persönlich würde es hassen, wenn man ein Bruder von mir wegen Mordes hängt.«

»Sie hätten sicherlich keine Skrupel gezeigt, dass man mich hängt«, sagte der Amerikaner, »aber angesichts Ihrer Beweise bekenne ich mich schuldig und verurteile mich selbst dazu, die volle Strafe des Gesetzes zu zahlen, wie sie in meinem eigenen Land vorgesehen ist.«

Laut verkündete er: »Der Befehl dieses Gerichts lautet, dass Joseph mir eine Weinkarte bringen soll, auf der ich für fünf Flaschen des besten Champagners des Klubs unterschreiben muss.«

»Oh nein«, protestierte der Mann mit dem Perlenstecker, »es ist nicht an *Ihnen*, zu unterschreiben. Meiner Meinung nach ist es Sir Andrew, der die Kosten zu tragen hat.«

Er wandte sich an den Baronet und sagte: »Es ist an der Zeit, dass Sie es erfahren. Ohne es zu wissen, sind Sie Opfer einer, wie ich es nennen möchte, patriotischen Verschwörung geworden. Diese Geschichten dienten einem ernsteren Zweck als nur der Unterhaltung. Sie wurden mit dem ehrenwerten Ziel erzählt, Sie vom Unterhaus fernzuhalten.«

»Ich kann Ihnen ferner sagen, dass ein Diener, in meinem Auftrag, den ganzen Abend über am Trafalgar Square gewartet hat, mit der Anweisung, mir Bescheid zu geben, sobald das Licht nach der Unterhaussitzung erloschen ist. Nun ist das Licht erloschen, und das Ziel, wie wir es geplant haben, ist erreicht.«

Der Baronet blickte den Mann mit der schwarzen Perle scharf an, dann warf er rasch einen Blick auf seine Uhr. Das Lächeln verschwand von seinen Lippen, und sein Gesicht wurde streng und abweisend.

»Und darf ich erfahren«, fragte er eisig, »was der Zweck Ihres Komplotts war?«

**Was war der Zweck ihres Komplotts?**

»Ein höchst ehrenwerter«, erwiderte der andere.
»Unser Ziel war es, Sie davon abzuhalten, die Ausgabe
von vielen Millionen des Volkes für weitere Kriegsschiffe
zu befürworten. Mit einem Wort, wir haben zusammen-
gearbeitet, um Sie an der Verabschiedung des Gesetzes
zur Erhöhung der Ausgaben für die Marine zu hindern.«

Sir Andrews Gesicht erblühte in leuchtender Farbe.
Sein Körper zitterte vor unterdrückter Erregung. »Mein
lieber Herr!«, rief er heraus, »Sie sollten mehr Zeit im
Unterhaus und weniger in Ihrem Klub verbringen. Das

Marinegesetz wurde heute Abend um acht Uhr in dritter Lesung behandelt. Ich habe mich drei Stunden lang dafür ausgesprochen. Es gab nur einen einzigen Grund für mich, heute Abend noch einmal ins Haus zurückzukehren. Ich wollte dort mit meinem alten Freund, Admiral Simons, auf der Terrasse speisen, denn meine Arbeit im Haus war vor fünf Stunden beendet, als das Gesetz zur Erhöhung der Marine mit überwältigender Mehrheit verabschiedet wurde.«

Der Baronet stand auf und verbeugte sich. »Ich habe Ihnen zu danken, Sir, für einen höchst interessanten Abend.«

Der Amerikaner schob die Weinkarte, die Joseph ihm gegeben hatte, dem Gentleman mit der schwarzen Perle zu.

»Sie unterschreiben«, sagte er.